अमर सैनिक

एवं अनमोल कहानियों का संग्रह

देबाशीष भट्टाचार्य

यह एक काल्पनिक कृति है। नाम, वर्ण, व्यवसाय, स्थान, और घटनायें या तो लेखक की कल्पना का उत्पाद है या एक कल्पित तरीके से इस्तेमाल की गई हैं। वास्तविक व्यक्तियों, जीवित या मृत, या वास्तविक घटनाओं के साथ कोई भी समानता विशुद्ध रूप से संयोग होगा।

प्रथम संस्करण: दिसम्बर 2022
भारत में मुद्रित

मुद्रक
टाइप : कोकिला

ISBN: 978-93-95374-61-3

आवरण रचना: देवव्रत साहू

प्रकाशक: स्टोरीमिरर इंफोटेक प्राईवेट लिमिटेड,
7वीं मंजिल, एल तारा बिल्डिंग,
डेल्फ़ी बिल्डिंग के पीछे, हीरानंदानी गार्डन,
पवई, मुंबई, महाराष्ट्र -400076, भारत।

Web: storymirror.com
Facebook: @storymirror
Instagram: @storymirror
Twitter: @story_mirror
Contact Us: marketing@storymirror.com

<u>समर्पण</u>

यह पुस्तक उन देशवासियों को समर्पित है जो अपने घर परिवार से दूर रहकर देश की सुरक्षा और अखंडता के लिए अपने जीवन का बलिदान देने के लिए सदैव तैयार रहते हैं, साथ ही इस पुस्तक के सभी पाठकों को जो हमारे बहादुर सैनिकों पर विश्वास रखते हैं और हमारे देशवासियों के लिए कुछ करने की कोशिश करते हैं।

स्वीकृति

इस किताब को लिखने के लिए मुझे मेरे गुरुदेव की असीम कृपा मिली। मैंने बचपन से न तो कभी कोई कहानी की किताब पढ़ी और न ही लिखने की कोशिश की। बंगला भाषा में स्नातक स्तर पर पढ़ाई करने के कारण शैक्षणिक करियर में हिंदी अक्षर का भी ज्ञान नहीं था, पर हमारा देश महान है। नौकरी करने के साथ साथ मुझे थोड़ी बहुत हिंदी सीखने का मौका मिला। पर इतने थोडे से ज्ञान से हिंदी की साहित्य रचना करना मेरे लिए असंभव ही नहीं बल्कि बिना हथियार से युद्ध लड़ना है। इससे पहले मेरी तीन पुस्तकें दो अंग्रेजी में (1) Treasure Trove (2) WAR II एवं बंगला भाषा में एक "तुमि की मानुष" प्रकाशित हुए है। मेरी एक ख्वाहिश थी की अंग्रेजी और बंगला के पश्चात कम से कम एक-दो पुस्तके हिंदी में लिखी जाए। तभी गुरूजी की एक आशीर्वचन "I shall make a thunder out of a straw" मेरी नश्वर देह में चेतना शक्ति जागरूक हुई और अंतरआत्मा ने कह दिया "Yes, I can do it." मैंने आधी रात को जागकर धीरे धीरे लिखना शुरू किया। मैं इस किताब का सारा श्रेय अपने गुरुदेव श्री श्री बाबामणि को देता हूँ, साथ ही उनके चरणों में मेरा अनंतकोटी प्रणाम।

प्रस्तावना

हमारे देश की सबसे बड़ी सम्पदा है देश के सिपाही। देश के उन सभी जवानों को जिन्होंने देश की अखंडता और शांति को कायम रखने के लिए अपने बहुमूल्य जीवन का बलिदान दिया, उन सभी वीर जवानों को मेरा हजारों सलाम। वैसे ही एक वीर सैनिक की वीरगाथा को अमर सैनिक के नाम पर एक अनमोल कहानी का इस पुस्तक में वर्णन किया गया है। मानव जीवन में श्रेष्ठ प्राप्ति होती है "प्यार पाना।" इसलिए सभी को प्यार देना हमारा एक कर्तव्य है। प्यार से ही दुनिया एकजुट हो सकती है और शांति का मार्ग खुल जाता है; परन्तु हिंसा से दुनिया नरक बन जाती है। इस पुस्तक के अंदर वैसे माताजी का संतान पर प्यार, आशिकी का अपने आशिक पर प्यार, एक इंसान का दूसरे इंसान के प्रति और जानवर पर प्यार कैसे हो जाता है अलग अलग प्रकार की कहानियों की इस पुस्तक में रचना की गई है। इसके अलावां पवित्र आत्माओं के आविर्भाव कैसे होते है इस पर भी एक हकीकत कहानी लिपिबद्ध की गयी है। देशभक्ति और प्यार का सुन्दर मिश्रण इस किताब में एक महत उद्देश्य के साथ रचना की गयी है, ताकि यह पुस्तक हर घर में सभी पाठकों के दिल को छू सके और प्रेरणा बन सके।

लेख-सूची

अमर सैनिक

सैनिकों के शब्दकोश में स्वर्णाक्षर में लिखे गए वीरता और देशभक्ति के प्रतीक सूरज का नाम, जो हमेशा कहता था, "मेरी मातृभूमि ही मेरा स्वर्ग है, और मैं अपने खून की एक-एक बूंद अपने देश की एकता और अखंडता के लिए दूंगा।" आतंकवाद के खिलाफ लड़ाई लड़ना ही उसकी जिंदगी का एकमात्र धर्म था। हालाँकि वह आसानी से एक अच्छे विश्वविद्यालय से डिग्री हासिल कर सकता था क्योंकि उसके पिता ने उसकी शिक्षा पूर्ण करने के लिए एक स्थानीय ऋणदाता से कुछ ऋण लिया, पर सूरज ने मातृभूमि की सेवा करने का संकल्प लेकर अर्धसैनिक बल में भर्ती हुआ। उसका उद्देश्य न केवल अर्थोपार्जन था बल्कि देश की सेवा करने के साथ साथ एक साहसिक जीवन का आनंद भी लेना था।

अपने कमांडो प्रशिक्षण को सफलतापूर्वक पूरा करने के पश्चात, सूरज देश की आंतरिक सुरक्षा के लिए मणिपुर के एक दुर्गम क्षेत्र, जंहा पर केवल पहाड़ और घने जंगल के अलावा कुछ दिखाई नहीं देता उस इलाके में उनकी तैनाती हुई। कॉलेज में पढ़ाई के दौरान उन्हें रोशनी नाम की लड़की से प्यार हो गया था। रोशनी विश्वविद्यालय से मास्टर डिग्री की पढ़ाई कर रही थी। नौकरी में शामिल होने के पश्चात सूरज जव छुट्टी पर आए, एक दिन दोपहर में वे रोशनी से मिलने उसके विश्वविद्यालय

परिसर में पहुंचे। लंबे समय के बाद, रोशनी विश्वविद्यालय के प्रवेश द्वार पर उसका इंतजार कर रही थी। अपने सपने को पूरा करने की उम्मीद में बहुत दिनों बाद उसे देखकर वह बहुत उत्साहित हुई और बोली....

रोशनी: "ओह! तुमने सूर्य की गति बदल दी और एक ही बार में वीर योद्धा बन गए!"

सूरज: "मैं देख रहा हूँ तुम भी बदल गई हो; तुम एक स्कूल टीचर की तरह लग रही हो, जैसे मास्टर डिग्री के बाद छात्रों को पढ़ा रही हो, और मैं तुम्हारा एक शरारती छात्र हूँ। फिर भी मैं तुम्हारी प्रेरणा भी हूँ, ना?"

रोशनी: "सूरज, क्या तुम मुझसे मजाक कर रहे हो! मैं शिक्षिका क्यों बनूँगी? एक बहादुर योद्धा या नायक के सहयोगी के रूप में मैं हमेशा उनके साथ रह सकती हूं।"

सूरज: "एक बार फिर से सोच लो, एक वीर योद्धा का जीवन बहुत कठिन और जोखिम भरा होता है; उसके साथ बुरी घटनाएं कभी भी हो सकती हैं।"

रोशनी: "यह सव बातें मुझे अच्छे नहीं लगती, ऐसा लगता है कि मेरे इस जीवन का कोई मूल्य नहीं है। केवल खाना-पीना और सोने के लिए जिंदगी नहीं होती। मुझे ऐसा जीवन चाहिए जहां मातृभूमि और देशवासियों के लिए कुछ कर सकूं।"

सूरज: "खाने और सोने के अलावा और क्या करना चाहती हो, और यह भी बताओ तुम्हारी जिंदगी की परिभाषा क्या हैं?"

रोशनी: "हाँ, मैं देशवासियों के लिए कुछ करना चाहती हूँ, और तुम ही बता दो हमारी जिंदगी की परिभाषा क्या हैं?"

सूरज: (एक बार भौं को संकोचित करते हुए) "मुझे नहीं पता, तुम्हीं

बता दो।''

रोशनी: (सूरज की ओर देखते हुए) ''सभी को प्यार करने के लिए जियो और सभी की भलाई के लिए मरो।''

सूरज: ''तुम्हे बहुत-बहुत धन्यवाद, आज तुमने मुझे जीवन की बहुत अच्छी परिभाषा दी। चलो वापस चलते हैं, उस पुराने घर के पास जंहा पर वह सुन्दर बगीचा हैं।''

एक बड़े बरगद के पेड़ के नीचे बैठा सूरज अपने सैन्य जीवन के पिछले दो वर्षों की घटनाओं को याद करता रहा; थोड़ी देर बाद अचानक रोशनी पेड़ की छाल पर पत्थर की चिप से कुछ लिखने की कोशिश करती है। सूरज देखता है कि रोशनी ने उसका नाम बहुत ध्यान से लिखा है; उसने जल्दी से रोशनी के हाथ से पत्थर की चिप को खिंचा और अपने हाथ से 'सूरज' के नाम के आगे एक और नाम 'रोशनी' लिखकर पत्थर की चिप को उसे लौटा दी। थोड़ी देर तक सूरज ने उसके सैन्य जीवन की कठिनाइयों को समझाने की कोशिश की, लेकिन सब व्यर्थ हुआ, रोशनी के दृढ़ संकल्प के सामने आत्मसमर्पण करने के अलावा सूरज के पास कोई विकल्प नहीं था।

पत्नी बनकर सूरज की जिंदगी में कदम से कदम मिलाकर चलते हुए रोशनी की शादी एक साल पूरा हो गया। रोशनी अपने पति एवं उसके परिवार की सभी जिम्मेदारियों को निभाती रही, और फिर पति के साथ उनके कार्यस्थल में रहने का फैसला किया, यह जानते हुए भी कि ऐसे दुर्गम इलाके में सूरज के साथ रहना बहुत ही खतरनाक हो सकता है। काफिले के बिना जाने का कोई साधन नहीं है, क्योंकि पहाड़ी इलाकों में सड़कें दुर्गम और जोखिमपूर्ण हैं।

आज टाटा सूमो उस दुर्गम सड़क पर पहुंची जिस पर रोशनी और सूरज एक दूसरे के पास बैठे थे। इससे पहले रोशनी ने ऐसी जिंदगी के बारे में कभी सपनो में भी सोचा नहीं था। ट्रक, बसें और छोटी बड़ी गाड़ियां पहाड़ी सड़क को धीरे धीरे पार कर रही हैं। चार हजार फीट से अधिक ऊँचे पहाड़ों की चोटी पर पहुँचते ही रोशनी ने देखा बादल वाहन के चारो ओर सफेद रुई की तरह उड़ रहे है।

रोशनी: "वाह क्या खूबसूरत नज़ारा है! बादल हमारे कितने करीब हैं! रुको ... रुको ... मैं बादल के टुकड़े पकड़ लेती हूँ। (तुरंत अपने बाएं हाथ को खिड़की से बाहर फैलाकर बार बार मुट्ठी खोल और बंद करने लगी; बाद में अँगुलियों को आहिस्ता से खोल कर देखने के बाद कहने लगी) कहाँ.... बादल.... तो दिखाई नहीं दे रहे है! मेरा हाथ गीला हो गया।"

ड्राइवर की सीट के बगल में बैठा सूरज सोच रहा था कि वह शाम को जल्दी अपने कार्यस्थल पर कैसे पहुंचे। पहुँचने के पश्चात रात को खाना, और अगले दिन की ड्यूटी में कैसे शामिल होगा, यह सब सोच में डूबा हुआ था। अचानक रोशनी के दाहिने हाथ के हल्के से धक्के के बाद उसका ध्यान टुटा, उसने बाँये तरफ देखा रोशनी इशारे से कह रही है, "देखो बाहर कितना खूबसूरत दृश्य है।"

सूरज: "मैंने यह सब पहले देखा है, अब तुम आनंद लेती रहो, जितना चाहो उतने बादलों को इकट्ठा कर लों और उसे एक बोतल में जमा करों, ताकि मैं समय पर तुम्हारे सिर पर उंडेल सकूं। कुछ दिनों बाद तुम कहोगी कि मुझे इस पहाड़ से दूर ले चलो।"

रोशनी: "धत्त... तुम एक खरगोश, चमगादड़ हो, कितना सुंदर

नज़ारा है, कितना सुंदर दृश्य है, जहाँ आनंद लेना चाहिए, वहां सिर्फ गोलियों का हिसाब कर रहे हो। अरे मेरे प्यारे पतिदेव, नौकरी तो जिंदगी भर करते रहोगे, पर रोशनी के साथ इतना खूबसूरत सफर क्या बार बार कर पाओगे?"

सूरज: (मुस्कुराते हुए) "अरे नहीं डार्लिंग, यह वह जगह है जंहा मैं कई बार आया हूँ। यह सब कुछ मैंने कई बार देखा हैं, और यह सब अब मेरे लिए कोई मायने नहीं रखता। तुम पहली बार देख रही हो, तुम्हे सब कुछ बहुत अच्छा लगेगा।"

रोशनी: "देखो.... तुम्हे सुंदरता का ज्ञान थोडा कम है, क्योंकि तुम हमेशा लड़ाई और मुठभेड़ के बारे में सोचते हो। अच्छा एक बात बताओ तुम जिस कम्पनी में तैनात हो, क्या उसके बगल में कोई जलप्रपात है?"

सूरज: (सवाल सुनकर थोड़ा हैरान हुआ और सोचा रोशनी कितनी सीधी-साधी जिंदगी जीती थी, पर पता नहीं अब वह कौन सी जन्नत में जा रही हैं, जंहा केवल जंगल, झाड़ी दिखाई देगी और बीच बीच में गोली की आवाज सुनाई देगी। थोड़ा सा मजाक करने के लिए...) "वाटर फॉल....क्या होता है! वाटर मतलब पानी और फॉल मतलब गिरना। पानी तो गिरता ही रहता है, अर्थात् उसकी तो पतन अनिवार्य है, और होना भी चाहिए। उसे देखने की क्या जरुरत हैं?"

रोशनी: "ओह, ऐसा लगता है कि तुमने पहले पानी के गिरने के बारे में कभी सुना ही नहीं हो।"

सूरज: "मैंने सुना है, लेकिन मैं तुम्हारे मुंह से पानी के गिरने के बारे में सुनना चाहता हूँ।"

रोशनी: "रुको, इतने शब्दों की जरूरत नहीं है, तुम ही ऐसे आदमी

हो जो हर बात पर मुझे टोकना चाहते हो।"

सूरज: "यह बात ठीक नहीं है, असली बात तो यह है की मुझे तुम्हारा गुस्सा बहुत पसंद हैं। तुम गुस्से में बहुत सुन्दर लगती हो। ठीक है, मैं तुम्हें जलप्रपात दिखाने के लिए ले चलूँगा।"

रोशनी: "इसका मतलब मेरा प्यार और मेरी मुस्कुराहट तुम्हे बिलकुल पसंद नहीं! तुम्हे केवल मेरा गुस्सा पसंद है, मैंने तुम्हारे लिए अपने घर-परिवार और समाज को छोड़कर पूरी जिंदगी तुम्हारा साथ देने के लिए घर से निकल पड़ी यह सब तुम्हे अच्छा नहीं लगता? ठीक है, आज के बाद मैं कभी हसूँगी ही नहीं। मैं रोती रहूंगी, तुम यही चाहते हो न! मैं तो केवल जलप्रपात देखना चाहती थी, क्या यह मेरी गलती थी!"

सूरज: "नहीं डार्लिंग, मैंने तुमसे थोड़ा सा मजाक करने के लिए सोचा। तुम इतनी नाराज क्यों हो जाती?"

अचानक कुछ ही दूरी पर रोशनी ने एक छोटा सा फव्वारा देखा और उत्साह से कहा...

रोशनी: "चलो..... गाड़ी को रोको, हम वह पानी का फव्वारा देखने जाएंगे।"

सूरज: (सूरज उनकी नादान हरकत और बचपना को समझा नहीं पाया) "ठीक है, अब तुम उस पानी में जा कर कूद जाओ, मेरा तो कोई काम-धंधा या नौकरी है नही। मुझे बस पानी देखना और जितना मर्जी उतना पीना है।"

रोशनी: (उनकी बात आत्मसम्मान में लगी और अपने आप को रोक नहीं पाई, उसकी आँखों से आंसू गिरने लगे) "मैंने कभी नहीं कहा कि तुम सारे काम-काज छोड़कर मुझे पानी की तरफ ले चलो। पानी को

गिरते हुए मतलब झरना देखने का दिल चाहा, और दिल की बात अगर तुम्हे नहीं बताऊ तो किसे कहूँगी! मैं कहना चाहती थी कि क्या आप जहां रहते हैं वहां झरना या जलप्रपात है? मेरे जीवन का पहला दौरा है, जब मैं अपने जीवन साथी के साथ यात्रा कर रही हूँ, कोई भी हमारी बाधा नहीं हो सकता है।”

सूरज: “सच में, I'm very sorry, असली बात यह है की तुम हमारे कमांडर को नहीं जानती, वह हमेशा और हर पल निगरानी करता है, मेरे साथी और मैं कहाँ पर क्या काम कर रहे है। मेरी बड़ी मुसीबत मेरा कमांडर है; मैं उनकी आज्ञा के बिना कुछ नहीं कर सकता, परन्तु तुम स्वतंत्र हो; तुम्हारे पास कोई रोक या सीमा नहीं है जो तुम्हे हमेशा सतर्क या टुकाई करें। इसलिए तुम्हे कोई चिंता नहीं है।(यह कहकर सूरज धीरे से उनके आंसू को अपने रुमाल से पोंछ देता है)

अब रोशनी धीरे धीरे सूरज के मन की बातों को जान गयी, और अपने आपको यह कहकर शांत किया की सूरज के अंदर जो दर्द है उसे वह भूलना होगा। मैं तो उनकी धर्मपत्नी हूँ, मैं अगर हमेशा उनका साथ न दूँ तो वह बेचारे अंदर ही अंदर टूट जायेगे। प्यार भरी आँखों से उनकी तरफ देखा और हल्की सी मुस्कुराती रही। उसी वक्त सूरज भी सोचने लगा मैंने रोशनी से ठीक से बात नहीं की, जरूर उनकी दिल को मैंने दुःख पहुँचाया। सूरज भी प्यार भरी नजरों से रोशनी की तरफ देखकर थोड़ा थोड़ा मुस्कुराने लगा। जब दोनों की नजरे एक दूसरे के चेहरे पर टिकी जैसे की दोनों ही एक दूसरे के दिल के प्रेम ग्रन्थ को पढ़ लिया, फिर दोनों मुस्कुराते रहें जैसे स्वर्ग के बगीचे में फूल खिलने लगे। पति-पत्नी का रिस्ता कितना मधुर होता है उन दोनों को देखकर गाड़ी का चालक भी मुस्कुराने लगा।

रोशनी: (अब अपने आपको थोड़ा गंभीर मुद्रा में ला कर दिखाने के लिए एक बार गले को खंगाल ली और बोली) "यह मत भूलना, तुम्हारा कमांडर तुम्हारा काम में रोड़ा जरूर है, लेकिन जब तुम घर वापस आ जाओगे, तब मैं घर में तुम्हारे लिए एक सख्त रोक बनूँगी।"

सूरज: "यह क्या हुआ, तुम मेरी रोक बनोगी! क्या मैं इतनी दूर से एक रोक को ले जा रहा हूँ! मेरे जीवन में चैन कहाँ है... घर में रोक, कार्यस्थल में रोक; मैं जियूँगा कैसे!"

रोशनी: "ओह...हो...सॉरी...सॉरी... मैं भूल गई कि मैंने तुमसे शादी कर ली है.."

सूरज: "ठीक है, मैडम, कल तक तुम मेरी प्रेमिका थी, और शादी के दो दिन बाद एक बड़ी बाधा बन गई। फिर मैंने तुमसे शादी करके बहुत बड़ी गलती की। कल तक मुझे केवल एक बाधा का ही सामना करना पड़ता था, लेकिन अब तो मैं देख रहा हूँ कि मुझे दो दो बाधाओं को पार करना होगा! मेरी पूरी जिंदगी बाधाओं से भरी हुई है!"

रोशनी: (गर्व के साथ) "अब से घर की बाधा ज्यादा महत्वपूर्ण होगी, क्योंकि नौकरी की बाधा कुछ समय सीमा तक सीमित है, पर घर की यह बाधा तुम्हे मरते दम तक छोड़ेगी नहीं। पर मेरे पास तुम्हारी नौकरी की बाधा पर काबू पाने के लिए एक मंत्र या दैविक उपाय है....."

सूरज: (कुछ देर तक रोशनी के चमकीले चेहरे को देखता रहा, फिर बोला) "जल्दी बताओं मेरी नौकरी की बाधा पर काबू पाने के लिए तुम्हारे पास क्या उपाय है!"

रोशनी: "थोड़ा सब्र करो, इतनी जल्दी क्या हैं!"

सूरज: "तुम्हारे पास उपाय है, फिर भी नहीं बताओगी तो क्या मैं

बेचैन नहीं हो जाऊंगा? अगर तुम मुझे नौकरी की बाधा से बचा लोगी, तो ये बंदा जिंदगी भर तुम्हारी बाधा में फंसे रहने के लिए तैयार है, यह मेरा वादा है।”

रोशनी: “क्या तुम सही कह रहे हो! तब तो मुझे जल्दी बताना ही पड़ेगा।”

सूरज: “अच्छा... अब तो जल्दी से रास्ता बता दो मैडम।”

रोशनी: (ड्राइवर से थोड़ी दूर, सूरज अपना सिर रोशनी के कंधे पर झुकाता है, रोशनी धीरे से अपनी आँखें बंद करते हुए सूरज के कान के पास अपनी मुँह ला कर धीरे से बोली) “मेरा प्यार।”

रोशनी का मीठा स्वर सूरज के दिल को छूँ गया और उन्हें महसूस होने लगा जिंदगी में प्यार ही सब कुछ हैं।

अचानक गाड़ी के हॉर्न की आवाज से सूरज सचेत हो गया और देखा कि गाड़ी एक जंगल में घुस गई जहाँ दिन में भी सूरज की रोशनी दिखाई नहीं दे रही थी। गाड़ी को चलने के लिए दिन में भी लाइट जलाकर रखनी पड़ती है। अचानक बम के फटने की आवाज से रोशनी डरी और घबरा गई, उसने सूरज को दोनों हाथों से गले लगा लिया।

सूरज: (हाथ हिलाकर कहने लगे) “यहीं से शुरू हो गया हमारा इलाका; अभी से तुम्हे नियमित मोर्टार फायर की आवाज सुनाई देगी।”

रोशनी: “तुम मुझ पर भरोसा रखो, मैं तुम्हारी अर्धांगिनी हूँ। मैं अपनी आखरी सांस तक तुम्हारे पास रहूंगी, और कोई भी तुम्हे मुझसे जुदा नहीं कर सकता।”

शाम ढलने से कुछ देर पहले गाड़ी एक कैंप क्षेत्र में घुस गई, जहाँ संतरी एस एल आर राइफलों के साथ चारों ओर गस्त लगा रहें है; कुछ

ही दूरी में एक बड़ा तंबू दिखाई दिया, सूरज ने इशारे से कहा, "यह हमारे कमांडर का कार्यालय है। यहां मैं आने का जानकारी दे कर तुरंत तुम्हारे पास वापस आ रहा हूं; फिर कुछ ही दूरी में जहाँ पर हमारे लिए एक किराये का मकान मेरे साथियों ने देख रखा हैं, वहां तुम्हे ले कर चलेंगे। तब तक तुम इस गाड़ी में बैठ कर मेरा इंतजार करना, मैं जल्द ही लौटूँगा।"

जैसे ही सूरज अपने कमांडर सैमुएल जोसेफ़ के पास पहुंचा, उन्होंने उसका स्वागत किया। जब सूरज ने अपनी पत्नी के बारे में बताया तब जोसेफ़ अपनी कुर्सी से उठा और उसने रोशनी का अभिवादन किया एवं उनके कार्यालय में प्रवेश करने के लिए अनुरोध किया। रोशनी थोड़ी शर्मिंदगी और झिझक के साथ सूरज के साथ तम्बू निर्मित कार्यालय में प्रवेश कर जोसेफ़ के टेबल के सामने कुर्सी पर पति-पत्नी बैठ गए।

रोशनी: (धीरे से फुसफुसाती हुयी सूरज को बोली) "मैंने अपने जीवन में पहली बार ऐसा तंबू देखा, बाहर से कोई भी नहीं समझेंगे कि अंदर कितना खूबसूरत नजारा हैं; चारों ओर कपड़े का डिज़ाइन है, कपड़े के दरवाजे, कपड़े की खिड़कियाँ, कई कमरे, भोजन कक्ष एवं जहाँ बैठे हैं काफी बड़ा, कितने सुन्दर लग रहें हैं।"

थोड़ी देर बाद एक अरदली मिठाइयां, जलेबी, नमकीन एवं बिस्कुट के साथ गरम चाय लाया। जोसेफ़ ने रोशनी और सूरज को खाने के लिए कहा। सभी ने एक साथ बैठकर सभी चीजें खाई और चाय पीने लगे। जोसेफ़ ने सूरज से कहा कि सूरज, तुम्हारे अनुरोध पर तुम्हे बाहर रहने की अनुमति दी गई, परन्तु इस इलाके में अपने परिवार के साथ अकेले रहना सुरक्षित नहीं है। फिर भी कंपनी के संतरी हमेशा उनकी देखभाल करते रहेंगे। सूरज और रोशनी के नवविवाहित जीवन में सफलता कि कामना करते हुए बधाइयाँ दी। रोशनी और सूरज, दो संतरियों के साथ गाड़ी में

सवार हो गए, शिविर से निकल कर कुछ दूरी पर एक पहाड़ी सड़क के किनारे पर आए जहां उनके लिए एक मकान किराए पर लिया गया था। पहाड़ी क्षेत्र में टीन की छतों और सीमेंट की दीवारों के साथ चारों ओर बम्बू से घेराबंदी दिखाई दी। सूरज ने सिर हिलाया और....

सूरज: "हमें अब से यहीं रहना है, तुम डर रही हो या नहीं?"

रोशनी के चेहरे पर संतोष की मुस्कान दिखाई दी। सूरज मन ही मन सोचने लगा कि आदर्श पत्नी के लिए उनके पति की छोटीसी कुटिया ही स्वर्ग हैं। यह केवल रामायण कि सीता की कथा नहीं हैं, बल्कि आज भी हमारे समाज में वैसी बहुत सारी औरतें हैं, जो केवल अपने पति के साथ रह कर सभी प्रकार की दुःख को मुस्कराते हुए झेलने के लिए सदा तैयार रहती हैं। यदि आप इसकी तलाश करें तो आपको आज भी दो-चार सीताएं मिल सकती हैं।

एक छोटे से घर के सामने जैसे ही गाड़ी रुकी, रोशनी फुसफुसाई....

रोशनी: "तुम्हें पता है, यह मेरे जीवन में पति का पहला किराए का घर है, इसलिए मुझे लगता है कि इस घर में प्रवेश करने से पहले इसका कोई नाम जरूर रखना चहिए।"

सूरज: "ओह, तुम चाहे कुछ भी नाम रख सकती हो, मुझे लगता है कि मैं तुम्हें कुछ दिनों के बाद अपने माता-पिता के साथ घर पर ही छोड़ कर आऊँगा, फिर जब मैं एक बेहतर जगह पर बदली हो कर जाऊंगा तब मैं तुम्हें ले कर आऊंगा, और अपने परिवार के साथ, यानी बच्चों के साथ रहूंगा।"

रोशनी: "रुको, तुम्हें बहुत ज्यादा सोचने की आवश्यकता नहीं है मिस्टर, तुम्हे मुझे छोड़ने और बच्चों के साथ लाने का सपना, मैं इतनी

जल्दी पूरा होने नहीं दूंगी। तुम्हारा जो सपना हैं वह फ़िलहाल अधूरा ही रहेगा, मैं इतनी जल्दी यहां से हिलने वाली नहीं हूँ।"

सूरज: "यस मैडम, आपकी इच्छा सर्वोपरि है, जो आपने कहा वही होगा।"

थोड़ी देर बाद, रोशनी और सूरज के बगल में रहने वाले पड़ोसी रियाज से उनकी मुलाकात हुई। रियाज बीस साल से अधिक समय असम राइफल्स में काम कर रहे हैं, उनकी पत्नी नाज़िया है। नाज़िया नवविवाहित रोशनी को देखकर बहुत खुश होती है, अगर उसे किसी मदद की ज़रूरत होती है तो वह दौड़ती हुई आती है। जैसे ही सूरज कमरे में प्रवेश करता है, बिजली चली जाती है और बहुत अंधेरा हो जाता है।

नाजिया जल्दी अपने कमरे में जा कर दो मोमबत्ती और माचिस ले कर आती हैं, रोशनी के हाथ में दे कर......

नाजिया: "यहां ज्यादातर समय बिजली नहीं रहती। मोमबत्ती और माचिस हमेशा रखनी पड़ती है, खाना बनाने के लिए मिट्टी की तेल की जरूरत पड़ती है।"

रोशनी और सूरज ने बार-बार उनके प्रति आभार व्यक्त किया, साथ ही साथ रोशनी यह भी सोचने लगी की उनकी पड़ोसियों के साथ पहले से कोई जान-पहचान नहीं थी पर वह दूसरे की मदद करने आ गए। नाज़िया और रियाज़ दोनों वादा करते हैं कि जब भी किसी चीज की जरूरत होगी वे हमेशा उनके साथ खड़े रहेंगे। हाथों में मोमबत्तियां लेकर अंदर और बाहर के कमरों को देखने लगे, फिर रोशनी और सूरज जो बैग और सामान साथ लाए थे, वह सभी मोमबत्ती हाथ में ले कर नाजिया के साथ देखने लगे एवं एक एक करके कमरे के अंदर तरतीब से रखने लगे। घर के

मालिक ने घर के अंदर चारपाई, स्टील की कुर्सी, लकड़ी की मेज आदि जरूरतों के अनुसार रखे थे। नाज़िया ने दो स्टील की कुर्सियाँ निकाल कर बाहर रखी, सूरज एवं रियाज को बैठने के लिए अनुरोध किया। नाज़िया ने देखा पाउडर दूध, चायपत्ती, चीनी सबकुछ सूरज साथ में लाया था, खाना बनाने के लिए चूल्हा है, लेकिन चूल्हा जलाने के लिए मिट्टी का तेल कहां है!

नाज़िया: "यहां कैंटीन में मिट्टी का तेल के अलावा सबकुछ मिलेगा, पर मिट्टी के तेल लेने के लिए 5-6 किलोमीटर की दूर तक जाना पड़ता। हम पांच किलोमीटर दूर बाजार से मिट्टी का तेल इकट्ठा करते हैं, क्योंकि इस सुनसान इलाके में हमेशा रसोई गैस उपलब्ध नहीं होती है; खोजने पर भी तुम्हे मिट्टी का तेल कहीं नहीं मिलेगा, बाजार की सभी दुकानें शाम 6 बजे बंद हो जाती हैं। अब इसके बारे में चिंता न करें, हम यहां तुम्हारे पड़ोसी हैं। आज रात हम लोग साथ भोजन करेंगे, भले ही तुम्हारे लिए बहुत अच्छा खाना न बना पाऊँ। हमारी एक बेटी सोफिया है, जो नलबाड़ी में अपने चाचा के घर में रह कर दसवीं कक्षा की पढ़ाई कर रही है। मैं उसे कुछ समय के लिए छुट्टी पर यहाँ लायी थी।"

रोशनी मन ही मन सोचती रही कि बिना मिट्टी के तेल से कैसे काम चलेगा, क्या रात में नाज़िया के घर पर खाना ठीक होगा! वह कुछ ऐसा कहने की कोशिश करती है, जिससे नाज़िया के घर में खाना-पीना न पड़े, लेकिन नाज़िया की ईमानदारी और भोलापन उसे इतना प्रभावित करता है कि नाज़िया को रोकने के लिए उसकी अंतरात्मा विरोध करने लगी।

नाज़िया: (रोशनी की खामोशी देखकर) "हम मुसलमान होते हुए भी आपका खाना अच्छी तरह जानते हैं, अब मैं आप सबके लिए चाय बना रही हूँ, हमारे साथ आओ।"

नाज़िया मकान के अंदर जाकर सबके लिए चाय बनाकर लाई, साथ में बिस्किट, स्वादिष्ट नमकीन और कुछ सूखी मिठाइयां भी ले आयी।

नाज़िया: "हमारा रहन-सहन एक जैसा है, हमारा काम है देश की सेवा करना, हम एक जगह से दूसरे जगह में जाते हैं, वहां हम एक दूसरे के साथ रहकर तालमेल बिठाते हैं। इस तरह हमारी जिंदगी के बीस साल बीत गए, कहीं घूमने फिरने का मौका ज्यादा मिलता हैं; और कई जगहों पर एक कदम के लिए बाहर जाना संभव नहीं होता। (रोशनी की तरफ देखते हुए कहीं) हमारी सोच एक जैसी है, यहां कोई भी जाति, धर्म या भाषा उपर नहीं है, लड़ाई आतंकवादियों या देशद्रोहियों के खिलाफ है। कई सालों तक मेरे पति को कश्मीर की पहाड़ियों और छत्तीसगढ़ के घने जंगलों में कई मुठभेड़ों का सामना करना पड़ा था; बाद में वह कहते थे कि, इसमें एक रोमांच, आनंद या संतुष्टि है, जो यह है कि मैं देश के लिए कुछ कर रहा हूं। हाथी की तरह निगलने और चूहे की तरह गड्ढे में सोने का नाम जीवन नहीं है, जीवन का अर्थ है देश, समाज या लोगों के लिए बलिदान स्वीकार करना जो हमलोगो के लिए धर्म हैं।"

रोशनी: "वाह, मुझे आपकी बात सुनकर बहुत खुशी हुई, हम सभी को गर्व होना चाहिए कि हम सब भारतवासी हृदय से एक है।"

रियाज: "हमें प्रशिक्षण के अंत में शपथ लेनी होती कि हम कभी भी जाति या धर्म के आधार पर भेदभाव नहीं करेंगे। मुझे जहां भी जाने की आवश्यकता होगी मैं जाने के लिए तैयार रहूंगा। युद्ध मे केवल देशभक्ति की जरूरत होती है; नस्ल, जाति या धर्म का कोई सवाल नहीं होता। भारतमाता का अर्थ कुछ लोगों की गलत सोच से नकारात्मक है। यह सच है कि भारत की भूमि को हम सब पवित्र मानते है; जिस पर आप, मैं और हम सभी पैदा हुए हैं, और इस खूबसूरत दुनिया में मानव जीवन

का आनंद लेते हैं। यह धरती खाना, पीना और जीने के लिए हमारी सभी जरूरतों को पूरा करती हैं। अंग्रेजी में जिसे मदरलैंड या मातृभूमि कहते उसी को हम भारतमाता कहते हैं। माता शब्दों भूमि को सम्मान देने के लिए जोड़ा गया जिस पर किसी की सोच नकारात्मक नहीं होनी चाहिए।"

रियाज और नाजिया के ऐसे देशभक्ति भरे शब्द सुनकर रोशनी और सूरज जोश में आ गए।

सूरज: "इसीलिए मैं संघर्ष के हर कदम पर खतरे के बावजूद एक बहादुर सैनिक का जीवन जीने के लिए इस महान बल में भर्ती हुआ हूँ।"

रियाज: "धन्यवाद दोस्त, आप सभी को शुभकामनाएं।"

कुछ महीने बीत चुके हैं, रोशनी ने धीरे-धीरे फौजी जिंदगी के साथ खुद को ढाल लिया, और एक सुन्दर पारिवारिक जीवन जीने लगी। कभी-कभी वह घर की जरूरतों के अनुसार चीजें खरीदने के लिए सूरज के साथ पांच किलोमीटर दूर बाजार जाती है, उस समय बाजार इलाके में घूम लेती है।

सप्ताह में तीन बार शकुंतला नाम की एक बूढ़ी औरत दूसरे गाँव से सब्जी बेचने आती है; नाज़िया उससे सब्जियां खरीदती हैं और उसे सब्जी-मौसी के नाम से पुकारती हैं। चूंकि बाजार निवास स्थान से काफी दूर है, नाज़िया और रोशनी दोनों दैनिक खाने पीने का सामान, ताजी सब्जियां उसी बुढ़िया से खरीदते हैं। धीरे-धीरे सब्जी-मौसी के साथ रोशनी की निकटता बढ़ती जाती है; कभी-कभी रोशनी उसे खाना खिलाती है और बुढ़िया खुश होकर उसे थोड़ी सब्जियां और कच्ची मिर्च मुफ्त में दे देती है। चूँकि बुढ़िया लगभग साठ वर्ष की है, इसलिए वह कभी-कभी गाँव-गाँव में चलते चलते थक जाती है, और रोशनी से पानी माँग

लेती है। उसका सुबीर नाम का एक बेटा है जो 25 साल का है, लेकिन बूढ़ी औरत बहुत दुखी है क्योंकि उनका बेटा कुछ खास काम-धंधा नहीं करता। एक दिन रोशनी ने जब उनको पूछा उनका बेटा परिवार के लिए कुछ करता या नहीं... तब.....

शकुंतला: "वह कुछ नहीं करता, लेकिन कभी कभी पहरेदारी करने कहीं चला जाता है, ज्यादातर समय वह मुझसे दूर रहता है, कभी आता है तो दारू के नशे में बेहोश रहता है। सब्जी बेचने के बाद जो पैसे मेरे हाथ में आते है उसे भी वह दारू पीने के लिए छीन लेता है। किसी तरह गंदी कमीज पहन कर घूमता-फिरता है, खुद कमाई करके नहीं खाता। मुझे उसकी पूरी देखभाल करनी पड़ती है, वह मुझ पर एक बोझ है क्योंकि वह खुद के खाने-पीने का खर्च नहीं उठाता है।"

बुढ़िया की बात सुनकर रोशनी को बुरा लगा, और वह सोचने लगी बेचारे लड़के को ठीक से परवरिश नहीं मिलने के कारण वह दिन प्रतिदिन बिगड़ता जा रहा है। उसे कैसे सही रस्ते पर लाया जाये वह सोचने लगी, फिर बाद में सूरज के सूटकेस के अन्दर से जल्दी से एक पुरानी लेकिन साफ सफेद शर्ट निकाल कर बुढ़िया को दी और कहने लगी.....

रोशनी: "तुम तुम्हारे लड़के को पहनने के लिए देना और उसे थोड़ा समझाया करो ताकि वह गलत काम न करें। समाज में बहुत सारे काम-काज है जिसे ईमानदारी से करने पर पगार के साथ साथ सम्मान भी मिलता है। मेरे पतिदेव के आने पर मैं उन्हें भी बताउंगी की वह तुम्हारे लड़के के लिए कोई नौकरी की तलाश करें।"

अपने बेटे के लिए उपहार के रूप में सफेद शार्ट प्राप्त करने के बाद सब्जी-मौसी बहुत खुश हो गई। रोशनी का हाथ पकड़ कर वह उसे अपने

पास खींचती है, और उसके सिर पर हाथ रख कर उसे आशीर्वाद देते हुए कहती है...

सब्जी-मौसी: "भगवान तुम्हे बहुत कुछ देगा, मैंने तुम्हारी जैसी औरत कभी नहीं देखी।"

शाम के समय सूरज अपना कार्य पूरा करने के पश्चात रोशनी के लिए एक तोहफा खरीद कर घर लौटा।

सूरज: "रोशनी, तुम पहले अपनी आँखें बंद करो, मैं तुम्हारे लिए एक उपहार लाया हूँ।"

रोशनी बहुत खुश हुई, अपनी आँखें बंद कर उपहार पाने की आशा में दोनों हाथ फैलाकर उत्साह में झट से उसके सामने खड़ी हो गई। सूरज ने अपने बायें हाथ में उपहार को पकड़ कर पीठ के पीछे छिपाया और रोशनी की कंधो पर आहिस्ता से दाहिने हाथ को रखकर धीरे से उसके माथे को चूमा। रोशनी ने तुरंत आँखे खोली और....

रोशनी: "मेरा उपहार कहाँ है?"

सूरज: "उपहार तो मैंने तुम्हे दे दिया।"

रोशनी: (सूरज के मुँह को आश्चर्यचकित होकर देखने लगी फिर चेहरा झुकाकर) "तुम झूठे हो, तुमने मुझे धोखा दिया है, मैं तुम पर कभी विश्वास नहीं करूंगी ..."

सूरज: "शांत हो जाओ मैडम.....शांत हो जाओ, बस सब्र करो, और एक बार फिर आंखें बंद कर लो।"

रोशनी: "फिर.... तुम मुझे बेवकूफ बनाना चाहते हो?"

सूरज: "प्लीज़ मैडम, यकीन मानिए.... इस बार तोहफा जरूर मिलेगा।"

रोशनी: “ठीक है, प्रॉमिस?”

सूरज: “हाँ, मैं वादा करता हूँ।”

रोशनी: (जैसे ही हाथों को फैलाकर आँखे बंद की, उसके हाथों को सूरज ने धीरे से चूमा..... चिल्लाई) “तुम धोखेबाज हो....”

सूरज: (उसके हाथों पर रंगीन प्लास्टिक का एक पैकेट रखकर) “यह मैंने बाजार जाकर तुम्हारे लिए लाया हूँ। तुम्हें तोहफा कैसा लगा बताओं।”

रोशनी: (जैसे ही पैकेट को खोलती है, अंदर एक खूबसूरत हरे रंग की दक्षिण भारतीय रेशमी साड़ी दिखाई दी; खुशी-खुशी साड़ी पकड़कर सूरज को दोनों हाथों से गले लगा लिया) “तुम्हें कैसे पता कि मेरा पसंदीदा रंग हरा है?”

सूरज: “तुम्हारा मन भी ताजा हरा है, तो मैंने सोचा...”

रोशनी: “नहीं नहीं, तुम कैसे जानते हो की मेरी पसंदीदा रंग हरा है....कहो.... जल्दी कहो...”

सूरज: “Oh My God... तुमने तो वकीलों जैसा पूछताछ करने लगी! ठीक है, बताता हूँ..... बताता हूँ, जब मैं पहली बार तुमसे मिलने तुम्हारे घर पर गया, मैंने देखा की तुमने एक हरे रंग की साड़ी पहनी हुई थी। तुम उसी दिन बहुत खूबसूरत लग रही थीं....”

रोशनी: “वह....... तो तुम मुझे अभी पसंद नहीं करते हो, उस समय मैं बहुत सुंदर दिख रही थी, इसका मतलब अब मैं पहले जैसी खूबसूरत नहीं हूँ...”

सूरज: “नहीं....नहीं.....मेरा मतलब यह नहीं था......असल में तब तुम्हारी शादी नहीं हुई थी और तुम्हारी उम्र...”

रोशनी: "रुक जाओ.....रुक जाओ, और तुम्हे मछली को सब्जियों से ढकने की जरूरत नहीं है, आज तुम्हारे मुंह से सच्चाई निकल कर बाहर आ गई। तुम सभी पुरुष जाति का स्वभाव एक जैसा होता है, जब तक कोई लड़की मान न जाए, तब तक उसका पीछा करों, और जब उससे शादी हो जाए, तब दूसरी लड़कियों को देख कर हाय-तौबा करने लगते हो। अब तुम अपनी बीवी को पसंद नहीं करते हो। तुम अपनी साड़ी को रखो; मैं नहीं पहनूंगी....."

सूरज: "Oh my darling, तुम थोड़ा तो समझो....तुम बेवजह सोच रही हो, जो तुम सोच रही हो उसे सोचकर मेरा शिर घूम रहा है। मैं तुम्हे मेरे दिल की बात बता रहा हूँ, आज तक मैंने तुम्हे ही प्यार किया। मैं ही तुम्हारा बॉयफ्रेंड हूं, तुम्हारा पति परमेश्वर हूँ, और मैं तुम्हारा लाइफ पार्टनर हूँ। जब तुम हरे रंग की साड़ी उस दिन पहनकर मेरी सामने आयी थी तब मैंने तुम्हे देखकर सोचा था की जल्द ही तुम्हे शादी करके ले जाना पड़ेगा, अन्यथा तुम्हे कोई और पसंद करके दुल्हन बनाकर ले जाएगा। मैं तुम्हे आज उसी प्रकार की साड़ी गिफ्ट दे कर उसी दिन की यादों को साकार करना चाहता था लेकिन इस बात को समझने में तुम्हे और कितना समय लगेगा?"

रोशनी: (थोड़ा शर्मिंदा हो कर) "क्या तुम सच कह रहे हो?"

सूरज: "Yes Madam, मैं सच कह रहा हूँ, माँ दुर्गा की कसम खाकर कह रहा हूँ की मैं सच बोल रहा हूँ।"

रोशनी: "नहीं, यह सब तुम मुझे खुश करने के लिए बोल रहे हो, हकीकत तो यह हैं की ज्यादातर पुरुष अपनी पत्नियों को छोड़कर दूसरी लड़कियों पर अधिक ध्यान केंद्रित करते हैं। अगर आप सचमुच मुझसे

इतना प्यार करते हो तो वादा करो की आज के बाद तुम किसी भी खूबसूरत लड़की को नहीं देखोगे।"

सूरज: "हे राम, यह कौन से संकट में तुम मुझे डाल रही हो! मुझे कौन से गुनाह की सजा दे रही हो? मैं सड़क पर कैसे चल सकता हूं? रास्ते पर चलने के लिए चारो ओर देखना पड़ता है, कोई खूबसूरत लड़की या लड़का सामने आ जाए तो मैं आँखे बंद करके कैसे चल पाउँगा? फिर तुम भी तो सुंदर हो, क्या मैं तुम्हारी तरफ भी नहीं देखूं?"

रोशनी: (इसके बारे में सोचते हुए अपनी बाएं गालो पर बाएं हाथ की दो अंगुलियां तर्जनी और मध्यमा को दबाकर....) "हूँ आइडिया मिल गया, तुम मेरे अलावा किसी को नहीं देखोगे। अगर कोई सामने आ जाए उससे नजर तुरंत हटा लेना, तुम्हें यह वादा करना होगा।"

सूरज: "मेरा मतलब मैडम, अगर मैं नहीं देखूंगा, तो मुझे कैसे पता चलेगा कि कौन सुंदर है और कौन सुंदर नहीं है? तुम बहुत जटिल स्थिति बना रही हो; मुझे नहीं पता कि क्या सभी पुरुषों को शादी के बाद इतनी सारी परिस्थितियों से गुजरना पड़ता है! ठीक है मैडम, जब आप चाहती हैं कि मैं अब से किसी भी खूबसूरत लड़की की तरफ न देखूं। बिल्कुल, मुझे बताओ, अगर मैं किसी को देखता हूं, तो तुम्हारी समस्या क्या है?"

रोशनी: "नहीं... नहीं, मुझे बहुत परेशानी होगी; अच्छा एक बात बताती हूँ की तुम दूसरी लड़कियों को मत देखना, जब किसीको देखोगे तब तुम्हे, मेरी याद आनी चाहिए। इसके लिए मैं तुम्हे अपना एक पासपोर्ट साइज फोटो दे रही हूं.... जो मेरे कॉलेज कि अंतिम परीक्षा से पहले प्रवेश पत्र के लिए बनाया गया था। (यह कहकर जल्दी से एक डायरी के अंदर से एक छोटे लिफाफे में से अपना पासपोर्ट आकार की फोटो निकाली

और धीरे से सूरज को यह कहते हुए सौंप दिया) इस फोटो को संभाल कर रखना, मेरे पास और कोई फोटोग्राफ नहीं है।”

सूरज: (फोटो हाथ में लिया, एक बार चूमा और अपने सीने से लगाकर) “जान भी चली जाएगी, पर तुम्हारी यह तस्वीर मेरे कलेजे के बाहर कभी नहीं आएगी।”

रोशनी: “तुम बहुत अच्छे हो, अभी तैयार हो जाओ, मैं तुम्हारा खाना लाती हूँ; तुम्हें पता है...आज मैंने तुम्हारा मनपसंद गाजर का हलवा बनाया है।”

सूरज: “ठीक है, मैं अब और इंतजार नहीं कर सकता, मुझे जल्द ही बिस्तर पर जाना है।”

सूरज जब खाना खा रहा था तो उसने शकुंतला के बारे में विस्तार से बताना शुरू किया, अंत में उसने सूरज का जो सफ़ेद शर्ट सब्जी-मौसी को दिया था वह बात खुश होकर बताई।

सूरज: (घटना सुनकर हक्का-बक्का रह गया) “यह तुमने क्या कर दिया रोशनी, तुम्हे पता हैं मेरे पास सफ़ेद कमीज केवल दो सेट हैं। जब एक धोने दूंगा तब दूसरी की जरुरत पड़ेगी। यहाँ तो दुकान भी नहीं हैं की मैं दूसरी खरीदूं। तुमने यह काम बिलकुल ठीक नहीं किया, कम से कम मुझसे एकबार पूछ तो लेती, और दूसरी बात इस इलाके में किसी अजनबी या अनजान व्यक्ति या औरत पर कभी विश्वास नहीं करना चाहिए था। तुम्हारा दिमाग है या नहीं!”

घर परिवार छोड़कर जिस आदमी के सहारे इतनी दूर आकर घर बसाया, उससे जब डांट फटकार मिली तो सहन नहीं कर पाई। उसे एहसास हुआ की उसने जो काम किया वह गलत है, और डर के मारे

उसकी आँखों से आँसू बहने लगे। सूरज देखता है कि रोशनी की दोनों आंखें से आँसू टपक रहे है, उसके हाथ में जो चम्मच गाजर का हलवे से भरा था, वह हिलने लगा क्योंकी वह डरी हुई थी। हाथ का चम्मच हिल रहा है, जमीन पर गिर सकता है, सूरज ने अपना खाना छोड़कर उठा और उसके पीछे खड़ा होकर एक हाथ से उसके हाथ को पकड़ लेता है, ताकि चम्मच भूमि पर न गिरे; और एक हाथ से धीरे से रोशनी की ठुड्डी को उठाता है। उसकी आँखों में जो आँसू थी उसे आहिस्ता पोंछ देता और उसे धीरे से गले लगाता है। उसके सिर पर हाथ फेरते हुए......

सूरज: "नहीं... नहीं, तुमने सही किया, तुम्हे ऐसा कहना मेरी भूल थी, तुम बस थोड़ा सा दान करके एक गरीब परिवार का मदद करना चाहते थे। मैंने तुम्हे इस महान कार्य का समर्थन न करके, अपने हित की सोच कर गलत किया है, आइए हम दोनों साथ में गाजर के हलवे का स्वाद लें..." (दोनों ने फिर खाना शुरू किया)

रोशनी: "अगर हम आपस में एक दूसरे को समझने लगे तो इस दुनिया में किसी जगह में अशांति नहीं होगी।"

सूरज: "इसका नाम है ज़िन्दगी, कुछ ग़लतियाँ मैं करूँगा, कुछ ग़लतियाँ तुम करोगी, कभी एडजस्ट मैं कर लूँ, कभी तुम कर लोगी। इस देश की सेवा से बढ़कर कोई बड़ा कर्तव्य मेरे लिए संसार में नहीं है, और मानव जीवन में प्रेम से बढ़कर कोई धन नहीं हो सकता।"

खाने-पीने के बाद थोड़ी देर बातचीत करने के पश्चात सूरज सो जाता हैं। रात ग्यारह बजने के बाद बिजली की सप्लाई नहीं रहती। इलाका पूरे श्मशान जैसा लगता है, देर रात होने पर बत्तियाँ बुझ जाती हैं, करवट लेकर लेटा, दिन भर की ड्यूटी से थक कर सूरज चैन से सो रहा है

रोशनी को नींद नहीं आती, वह खुली हुई खिड़की से कमरे के बाहर देखती है; चारों तरफ खौफ़नाक लगता है। अचानक कुछ दूरी में एक जोरदार विस्फोट ने घर को हिला दिया, रोशनी को लगी आसपास में बिजली गिरी। वह डर से कांपने लगी, रोने लगी, बोलने की क्षमता खो दी, बस उह ... उह ... मुंह से आवाज करके सूरज को गले लगा लिया। सूरज उठकर बैठ गया और अपने कंधो पर रोशनी के सिर को रखकर हाथ फेरने लगा। थोड़ी देर बाद जब रोशनी शांत हो जाती है तब वह उठकर एक मोमबत्ती जलाकर उसकी ओर देखने लगी। सूरज अपने सीने में उसके सिर को रखकर समझाने लगा। घड़ी में देखा रात दो बजे, फिर कहने लगे.....

सूरज: "यह गड़गड़ाहट नहीं है, यह आईईडी या इम्प्रोवाइज्ड एक्सप्लोसिव डिवाइस ब्लास्ट की आवाज है, कल टीवी पर तुम हताहतों की संख्या देख सकती हो। डरो मत, मैं तुम्हारे साथ हूँ; और तुम एक आतंकवाद-प्रभावित क्षेत्र में रहते हो जहां बम विस्फोट एक छोटी सी बात है। अब चिंता मत करो, मैं कुछ हफ्तों में छुट्टी लूंगा, फिर मैं तुम्हें अपने घर पर छोड़ दूंगा। तुम वहां रहकर नौकरी पाने की कोशिश करना।"

रोशनी: (फिर कस कर सूरज को गले से लगा कर) "भूलना मत, शादी के बाद पति का घर पत्नी के लिए स्वर्ग होता है। तुम जहां भी हों, मुझे जिस तरह से रखोगे, मैं उसके अनुकूल हो जाऊंगी, देखिए मुझे कोई समस्या नहीं है। क्या देश के लिए यह बलिदान सिर्फ तुम्हारा है? तुम्हारा साथ देना भी मेरा कर्तव्य है, ताकि तुम आगे बढ़ सकों। भय ही मनुष्य का सबसे बड़ी कमजोरी है, कमजोर दिमाग कायर का होता, और कायर कभी भी जीवन में किसी भी चुनौती का सामना नहीं कर सकता, कभी भी डर को दिल से दूर नहीं कर सकते। मैं ऐसी लड़की नहीं हूँ की तुम्हे

ख़तरों से खेलने के लिए अकेले छोड़कर चली जाउंगी, जीवन के अंतिम दिन तक मैं तुम्हे साथ देती रहूंगी। मैं कभी एक्वेरियम के अंदर मछली जैसी जिंदगी जीना पसंद नहीं करती हूँ। मैं तुम्हारी जिंदगी के हर पल साथ रहूंगी।"

सूरज: "वाह, आज तुमने मुझे बहुत कुछ शिक्षा दे दी, और मेरा हौसला बहुत बढ़ाया लेकिन तुम इतने डरे हुए क्यों हो?"

रोशनी: (थोड़ी शर्मिंदा होकर) "नहीं....मेरा मतलब, यह पहली बार है, देखो....आज के बाद मैं कभी नहीं डरूंगी।"

सूरज ने रोशनी के बायां हाथ को अपने दाहिने हाथ से पकड़ते हुए, रोशनी की कोमल चेहरे पर मुस्कान देखा.......

सूरज: "मुझे लगता है कि आज आसमान पर चमकते हुए चन्द्रमा से निकली सफ़ेद रोशनी, रोशनी कि मुस्कुराहट से फीके पड़ गई। तुम्हारी मुस्कान चांदनी से ज्यादा चमकदार और खूबसूरत है।"

रोशनी: "तुमने ऐसा क्यों कहा?"

सूरज: "और क्या, तुम सचमुच चन्द्रमा से बहुत खूबसूरत हो।"

रोशनी: "नहीं, जवाब सही नहीं है, तुम्हे सुन्दर दिखाई देती हूँ।"

सूरज: "सच में आज मैं बहुत खुश हूँ की तुम मेरे पास हो।"

रोशनी: "क्या तुम्हे अभी भी इसके बारे में संदेह है की मैं हमेशा तुम्हारे पास नहीं रहूंगी?"

सूरज: "नहीं, अब तो मुझे कोई शक या संदेह नहीं है। चलो आज एक बार हम दोनों इस पूर्णिमा की रात को अपने घर के पिछवाड़े में खड़े हो जाएं और अपने आस-पास की प्राकृतिक सुंदरता को देखें।"

रोशनी का हाथ पकड़ कर सूरज ने दरवाज़ा खोला और पिछवाड़े में खड़ा हो गया....

सूरज: "मुझे लगता है कि अब मैं अकेला नहीं हूँ; तुम मेरे जीवन में हमेशा मेरे साथ खड़े रहोगे ताकि मैं युद्ध में फतह कर सकूं या सफलता के आसमान को छू लूँ, अब से तुम मेरे युद्ध की मानसिक शक्ति प्रदायिनी गोली हो।"

रोशनी: "चाँद कितना सुंदर दिखता है, उस चाँद की रोशनी पूरी पृथ्वी पर फैल गई है ताकि हम सब उसे समान रूप से उपभोग कर सकें। पहाड़ों को देखो, पेड़ों को कितनी खूबसूरती से अपनी जरूरत की अनुसार रोशनी देकर सजाये हैं, देखो... देखो सभी पहाड़ कितने खूबसूरत लग रहें हैं, चांद के नीचे धरती कितनी खूबसूरत और खामोश है, मानो चारों तरफ रोशनी की बाढ़ आ रही हो। खैर, इतनी खूबसूरत दुनिया में खून देने और लेने के खेल में आतंकवादी क्यों शामिल हो जाते हैं?"

सूरज: "जो लोग हमारे देश से नफरत करते हैं और देश में आतंक फैलाते हैं, मैं अपनी भारतमाता की रक्षा के लिए पलक झपकते ही आतंकियों को गोली मारने से नहीं हिचकिचाऊंगा, क्योंकि मैं देश का चौकीदार हूं, लेकिन मैं भगवान से प्रार्थना करता हूं कि एक चींटी भी मेरे चरणों के नीचे न मरे। मैं गहरी नींद में भी बेबस और बेगुनाहों की पुकार सुनता हूँ; हम सैनिक सतर्क हैं ताकि देशवासी निडर और चैन की नींद से सो सकें। हम समाज या देश को बनाना या संरक्षण देना चाहते हैं, और आतंकवादी देश या समाज को नष्ट करना चाहते हैं।"

सूरज जल्दी से कमरे के अंदर जाता है और हाथों में दो आग्नेयास्त्रों के साथ लौटता है; उसने चांदनी रात में आग्नेयास्त्रों को दिखाया और

कहा, "यह SLR AK-47 है और दूसरा 9 MM पिस्तौल है। पिस्तौल मेरा निजी हथियार है जिसे मैं हमेशा अपने साथ रखता हूं और दूसरी एके-47 जो मुठभेड़ में ज्यादा इस्तेमाल होता है। मेरे पास यह दोनों हथियार है। मैंने बहुत धैर्य और ईमानदारी से प्रशिक्षण लिया है, इसलिए मेरा टारगेट या लक्ष्य कभी चूकता नहीं।"

रोशनी ने 9 MM पिस्तौल को धीरे से पकड़ा और थोड़ा हिलाने लगी; बिजली की गति से सूरज ने उसे हाथ से छीन लिया.........

सूरज: "ये तुम्हारा खिलौना पिस्तौल नहीं हैं, तुम इसे जैसे चाहते हो इस्तेमाल करोगी। अगर इसीसे एक भी गोली चल जाती तो हर तरफ से गोलाबारी शुरू हो जाएगी, हर कोई यह सोचेगा कि आतंकवादी रात में गोलीबारी कर रहे हैं। मैं तुम्हे सही वक्त पर सही प्रशिक्षण दूंगा। कुछ दिनों के बाद तुम एक प्रशिक्षित सैनिक की तरह 9 MM पिस्तौल को चला सकोगी, यह मेरा वादा हैं, मैं तुम्हे सिखाकर रहूँगा।"

कुछ महीने बाद, एकदिन सूरज अचानक काम छोड़कर घर लौट आए.....

सूरज: "रोशनी, मुझे एक विशेष ऑपरेशन के लिए यहां से कुछ दूर जाना है, और घर से पांच-सात दिन मुझे बाहर रहना है। जब तक मैं वापस नहीं आ जाता, तुम्हे इन दिनों अकेले रहना होगा। जरूरत पड़ने पर रियाज भाई और नाजिया बहन तुम्हे मदद करेंगे। अगर मुझे लौटने में ज्यादा देर हो जाए, तो तुम चिंता मत करना, मेरी कंपनी के सहयोगी समय समय पर आवश्यक राशन, सब्जियां या घर के जरूरतों के सामान तुम्हे उपलब्ध कराएंगे। जानते हो, उनमे से कुछ साथी मुझे कहते हैं, "आपकी पत्नी माँ भबानी जैसी, साथ ही साथ एक आदर्श पवित्र पत्नी जिन्होंने इस इलाके

में आपके साथ रहकर आपको पूरा सहयोग दे रही हैं। वैसी देवी से हमे कभी जरूर मिलाइये। मैंने कहा चिंता मत करो, मैं जल्द ही वापस आते ही आप सभी से मिलाऊँगा।

रोशनी: "मुझे तुम्हारी याद आएगी लेकिन चिंता मत करो, यह कुछ दिन बीत ही जाएगा किसी तरह।"

सूरज ने जाने से पहले मुठभेड़ के लिए जरूरत के अनुसार पिस्तौल को छोड़कर एसएलआर, कुछ सूखे मेवे, ड्राई फ्रूट, पानी की बोतल, दूरबीन, हैंड ग्रेनेड आदि सब एक बैग के अंदर रखकर जल्दी तैयार होने लगा। रोशनी बिना समय बर्बाद किए रसोई-घर में प्रवेश करती है, थोड़ी देर बाद वह पूरी और आलू की भुजिया बनाकर एक पैकेट के अंदर डालकर लाती हैं।

रोशनी: "तुम अपना टिफिन, दिन और रात का खाना समय पर खाना, मैंने जो थोडा सा टिफिन दिया साथ में रखना। भूख लगने पर इसे भी खा लेना। अपना शरीर पर ध्यान रखना।"

सूरज: "अरे हाँ, तुम टिफिन बनाकर ले आई, बेशक मैं खा लूंगा, यह तो अमृत हैं चूँकि तुम्हारे प्यारे हाथों से बना हुआ है, दे दो..... (उसके हाथ से लेकर अपने जैकेट की बड़ी जेब में रख दिया)

कुछ ही देर बाद, बाहर एक गाड़ी के हार्न की आवाज आयी, रोशनी ने घर से निकल कर देखा योद्धाओं के वेश में चार-पाँच सैनिक हाथ में एस एल आर लिए एक जीप से नीचे उतारकर आ रहे है। उन्हें देखकर सभी ने 'नमस्ते मैडम' कह कर सम्बोधित किया, बिना देर किए सूरज ने झट से दीवार पर लटकी माँ काली की तस्वीर को देखा, हाथ जोड़कर प्रणाम किया। जब रोशनी कमरे में दाखिल हुई, तो उसने उसके ललाट

को दो बार चूमा और मुस्कुराकर कहा, "मैं अभी जा रहा हूँ, मैं जल्दी वापस आ जाऊंगा, तुम चिंता मत करना, ठीक से रहना।"

रोशनी: "मैं तुम्हारा इंतजार करूंगी..."

गाड़ी में बैठे सूरज ने हाथ हिलाया और रोशनी को 'अलविदा' कहा, रोशनी पिछवाड़े में खड़ी हो गई और पीछे झुक कर गाड़ी जाने का दृश्य देखती रही। कुछ देर आंगन में खड़े रहने से आसमान को देखते हुए उसका मन ऊब जाता है। दूर के पहाड़ों के घने जंगल, तारे और चाँद को निहारते हुए निज़ुम शाम को खुद को थोड़ा अकेलापन और बेबस महसूस करने लगी।

सूरज ने गलती से अपना पेन टेबल पर छोड़ दिया था। रोशनी उसे हाथ में लेकर दिवार पर लटके हुए कैलेंडर को अच्छी तरह देखती रही और मन ही मन हिसाब लगाकर उसी कलम से कैलेंडर के दिनांक के नीचे काली से भर दी, फिर गिनने लगी कितने घंटे के बाद उनके आशिक उनके पास वापस लौटेंगे।

एक एक दिन करके पांच दिन बीत गए। रोशनी सवेरे से एकबार घर, एकबार आंगन की ओर बारबार घूमने फिरने लगी, और दूर जहाँ पर पक्का रास्ता हैं वहां नजर लगाकर सोचती रहीं। आज आएंगे सोचकर कल्पना से अल्पना खींचती रही घर के प्रवेश पथ पर, जैसे दिवाली में दिया और अल्पना से घर को सजाया जाता है। फिर इंतजार करती रही।

अगले दिन शकुंतला ने आकर कुछ ताजी सब्जियां दीं, लेकिन कीमत लेने से इनकार कर दिया क्योंकि उसे अपने घर के लिए यह सब्जी खेती में लगाई थी, बिक्री करने के लिए नहीं। उन्होंने रोशनी को खाने के लिए दिया और.......

सब्जीमौसी: "तुम मेरी बेटी हो, मैं तुम्हें नहीं दूँगी तो किसे दूँगी? मैं पड़ोस के गांव लक्ष्मीपुर में रहती हूं, मेरे पास मेरे घर से थोड़ी दूर पर जमीन है, मैं वहां सब्जी की खेती करती हूं, तुम एक दिन मेरे घर आओ, मैं तुम्हें चारों ओर दिखाउंगी।"

आज सातवा दिन है, रोशनी बहुत चिंतित हो कर अपने घर के अंदर-बाहर करने लगी। सुबह से शाम तक सूरज के आने का इंतजार करती रही, खाना भी ठीक से नहीं खा पायी, हमेशा सोचती रहीं। मन ही मन अंदाजा लगाया आज तो वह जरूर आएंगे। ख़ुशी ख़ुशी जो साड़ी उन्होंने दी थी उसीको पहना और गुनगुनाती रहीं, उसे अचानक थोडासा चक्कर, उल्टी और शरीर में बेचैनी होती हैं। नाजिया ने आकर......

नाज़िया: "शुभ समाचार, तुम्हारे घर में और एक मेहमान आ रहे हैं।"

(रोशनी को शर्म आती है तो नाज़िया कहने लगती है) "यह अच्छी खबर है, पति के आने पर तुम्हें मिठाई खिलानी होगी।"

धीरे-धीरे दिन बीतता गया, चारों ओर अँधेरा छा गया, अचानक दूर से कोई गाड़ी की आवाज आती है तो रोशनी आवाज सुनकर घर से निकल कर बाहर आ जाती है, आँगन में खड़ी होकर रोशनी इधर-उधर देखती रहती है, कभी-कभी घर के अंदर आकर खिड़की का परदा उठाकर दूर की छोटी-छोटी गाड़ियों देखकर सोचती है, हो सकता उसी गाड़ी में उसके सूरज आते होंगे। जब एक-एक गाड़ी की रोशनी धीरे-धीरे दूर घने जंगल में फीकी पड़ जाती है, तब वह घर की दीवार पर लटके कैलेंडर को देखकर हताशा में आहें भरती है। एक अज्ञात आशंका उसकी छाती में बैठ जाती है, अचानक लोड-शेडिंग के कारण चारों ओर अंधेरा फैल

जाता है। एक गाड़ी के हॉर्न की आवाज सुनते ही इमरजेंसी लाइट लेकर वह दरवाज़ा खोल कर ख़ुशी-ख़ुशी आंगन में खड़ी हो गई। पुलिस लिखा हुआ एक मिनी ट्रक कुछ सैनिकों के साथ परिसर में आये, जैसे ही तीनों कमांडो मिनी ट्रक से चुपचाप बाहर निकले, कमांडिंग ऑफिसर मिस्टर जोसेफ़, जो ड्राइवर के बगल में बैठे थे, धीरे से नीचे उतरे और सैनिकों को फुसफुसाए। चारों ओर एक टिमटिमाता हुआ देखते ही चिंता बढ़ गई। मिनी ट्रक की मंद रौशनी में रोशनी को कुछ दिखाई नहीं दिया, वह हाथ में इमरजेंसी लाइट लेकर आगे बढ़ी, चारो ओर सन्नाटा छा गया। रोशनी पत्थर की तरह चुपचाप खड़ी रहती है, उसके हाथ से इमरजेंसी लाइट जमीन पर गिर जाती है, और उसका बल्ब फ्यूज हो जाता है। रोशनी को हरे रंग की साड़ी जो सूरज ने गिफ्ट के तौर पर दिया था, पहनी हुई पत्थर की मूर्ति की तरह खड़ी देखकर नाज़िया दौड़ती हुई सामने आई और देखा सूरज की लाश, चीखी और रोशनी को बाहों से पकड़ लिया, उसे एक प्लास्टिक की कुर्सी पर बैठाने की कोशिश करती रही, फिर भी वह नाकाम रही। रोशनी की ओर से कोई प्रतिक्रिया नहीं होती है। चारो और खड़ी महिलाओं में से एक बुजुर्ग महिला ने कहा, "लंबे समय तक ऐसे ही खड़े रहने से उसे दिल का दौरा पड़ेगा। उसके शरीर पर थोड़ा पानी छिड़कें, फिर उसे होश आ जाएगा।"

दो-तीन महिलाएं उसके मुँह पर पानी छिड़कने लगी, कुछ देर बाद रोशनी उदास होकर इधर-उधर देखती रही, फिर अचानक सूरज की लाश पर गिर पड़ी। बेहोश होकर थोड़ी देर लाश पर पड़े रहने के बाद उसने आँखें खोली और सूरज के शव को देखा। एक सिपाही ने धीरे से शव से सफेद कपडे को उठा लिया। जोसेफ़ सूरज की जैकेट से उनके निजी सामानों को निकालने के लिए आदेश देते हैं। एक कमांडो धीरे से आगे

बढ़ा, खून से लथपथ सूरज के जैकेट के बटन खोलते ही दिखाई दिया उसके खाने के बाद बचा हुआ एक-आधा टुकड़े पूरी, साथ ही थोडी सी आलू कि भुजिया। जैकेट का दूसरा बटन खोलते ही एक पर्स मिला, जिसके अंदर कुछ पैसे और एक छोटा लिफाफा था, लिफाफा धीरे से खोलते ही उस पर रोशनी की मुस्कुराती हुई एक पासपोर्ट साइज़ की फोटोग्राफ मिली।

कुछ दिनों पहले यही फोटोग्राफ रोशनी ने सूरज को दे कर कहा था कि 'तुम दूसरी लड़कियों को मत देखना, जब किसी को देखोगे तब तुम्हे मेरी याद आनी चाहिए, मेरी फोटो को देखना।' रोशनी ने खुद पर नियंत्रण खो दिया......

रोशनी: (रोते हुए) "यह मेरी तस्वीर है, मैंने तुमसे कहा था दूसरे लड़कियों को मत देखो, अब मैं कह रहीं हूँ तुम सबको देखो, जैसा दिल चाहें, जिसको देखना चाहो देखो, देखो.... देखो......, एकबार देख तो लो। हाँ....एकबार मैंने कहा था.....जलप्रपात देखूंगी..... नहीं, अब मैं नहीं देखने जाऊंगी, तुम वापस आ जाओ, मुझे जलप्रपात नहीं देखना है। आ जाओ.......मेरे पास आ जाओ......तुम लौट आओ, तुम एक बार लौट आओ, मैं यहाँ अकेली हूँ, मेरे पास तुम्हारे अलावा कोई नहीं है.......मैं कैसे रहूँ?" सूरज की आवाज कानों में गूँजने लगी 'जान भी चली जाएगी, पर तुम्हारी यह तस्वीर मेरे कलेजे के बाहर कभी नहीं आएगी।'

लगभग पचास वर्ष के कमांडिंग ऑफिसर जोसेफ़ आगे आए और धीरे से रोशनी के सिर पर हाथ रखा......

जोसेफ़: "मैडम, यह बहुत बड़ा दुःख है, जिसके बारे में कहने के लिए मेरे पास कोई शब्द नहीं हैं, पर आप अकेली नहीं हैं, हम सब

आपके साथ हैं। मेरी टीम का सबसे अच्छा कमांडो सूरज था। उन्होंने अकेले तीन उग्रबादियों को मार गिराया। जब मुठभेड़ खत्म हो गई और वह लौटकर आ रहा था, तब उसके और दूसरों के बीच की दूरियां बहुत बढ़ गईं। अचानक किसी को पता चला कि सूरज उस रास्ते से आएगा, वह वहीं छिप गए और सूरज को पीछे से गोली मार दी, जिसके लिए उसे बचाव का कोई मौका नहीं मिला। हमने इलाके की घेराबंदी कर दी और जब तक उस आतंकबादी को पकड़ न जाए हम तब तक चैन से साँस नहीं लेंगे। हम यह लड़ाई जरूर जीतेंगे क्योंकि हम उन आतंकवादियों से लड़ रहे हैं जो भारत माता के दुश्मन हैं।"

सूरज ने कहा था, "मातृभूमि के लिए हम कुर्बान हैं, चाहे मैं मर जाऊं, कुछ लोग आएंगे और शोक मनाएंगे, लेकिन कुछ घंटों के बाद वे जल्द से जल्द मेरे शरीर को दफनाने या आग में जलाने के लिए जोर लगाएंगे; मेरी लाश उनके लिए अछूत होगी, लेकिन एकमात्र मातृभूमि है जो अपनी गोद में मुझे रखने से नहीं हिचकिचाएगी और जहां मैं चैन से लेटा रहूंगा।"

थोड़ी देर बाद चारों और बत्तियाँ जलने लगी, आस-पास की औरतें रोशनी को दिलासा देने और समझाने लगीं। धीरे-धीरे रोशनी खड़ी हो गई और अपने सिर के चारों ओर अपने बालों को कसकर बांध लिया.......

रोशनी: "हां, मैं वैसे भी हत्यारे को पकड़ना चाहता हूं, मैं उसका खून देखना चाहती हूं, उसने मेरा सबकुछ इसलिए ख़त्म किया ताकि मैं उसको ख़त्म करूँ। आप सब मिलकर मेरा साथ देना।"

जोसेफ़: "हमने चारों ओर जाल बिछाया है, वह बच नहीं सकता, वह कहीं आस-पास में ही छिपा होगा। उम्मीद है कि तीन से सात दिनों

के अंदर हम उसे ढूंढ कर निकालेंगे और ख़त्म करेंगे। हमारे संतरी अब से यहां तुम्हारी सुरक्षा के लिए रहेंगे।”

रोशनी: “नहीं, उसकी जरूरत नहीं है, मुझे पता है कि वह मुझे छोड़कर कहीं नहीं जा सकते, वह आएंगे और मेरे पास रहेंगे...” (फूट-फूट कर रो पड़ी)

जोसेफ़: “हमारे नियमों के अनुसार, यदि आप सहमत हैं, तो सूरज के शव को आपके साथ आपके गांव के घर में गरिमापूर्ण तरीके से भेजा जा सकता है और अंतिम संस्कार की व्यवस्था की जा सकती है।”

रोशनी: “नहीं, जब तक मेरे पति का हत्यारा पकड़ा नहीं जाता, मैं कहीं नहीं जा रही; उनका अंतिम संस्कार जो कुछ भी करना है वह पूरी सेना के नियमों के अनुसार यहां होगा।”

धीरे-धीरे कुछ कमांडो ने लाश को फूलों और मालाओं से सजाया, शव के समक्ष सेना के रीति रिवाजों के अनुसार सम्मान के साथ शोक शस्त्र किये गए और फिर उसे ट्रक में सुलाकर ले चलें जयध्वनि के साथ “भारतमाता की जय”, “अमर रहें वीर सूरज।”

आसपास के सभी लोग आए और जोर से बोले, “हमारा सूरज, अमर रहे।”

जैसे ही मिनी ट्रक धीरे-धीरे अंधेरे में विलीन हो गया, रोशनी फूट फूट कर रोने लगी। नाज़िया और रियाज घर पर आए और रो पड़े। रोशनी मन ही मन कहती रहती है ‘तुमने मुझे क्यों छोड़ दिया? मुझे तुम्हारे हत्यारे का खून चाहिए, मैं उसे नहीं छोड़ूंगी।’ थोड़ी देर बाद थक जाती है और उनींदा महसूस करती हैं। अचानक घर की खिड़कियां हवा के झोंके से अपने आप बंद हो जाती और फिर खुल जाती। रोशनी की नजरे जब

खिड़की से बाहर आसमान की ओर गई तब उन्हें महसूस होने लगा बवंडर आनेवाला है। चाँद का लगभग पचास प्रतिशत भाग बादलों से ढका हुआ है, बादलों के किनारे चमकते चाँद की रोशनी बरामदे पर आने लगी, दूर के पेड़ों की डालियों से चाँद की रोशनी हटकर दीवार पर पड़ी जहाँ एक अद्भुत परछाईं का आना-जाना चल रहा है। धीरे-धीरे पोर्च पर परछाईं हिलने-डुलने और चलने लगी। रोशनी के शरीर के सभी रोम खड़े हो गए। जूतों की आवाज तेज और तेज होती जा रही है, जिसे सुनकर शरीर का रक्त जम जाता है, वाणी खो जाती है, जूतों की आवाज धीरे-धीरे घर के फर्श में प्रवेश करती है। घर के दीवार पर लटकी हैंगर में सूरज की वर्दी लगातार हवा में लहरा रही है, वर्दी का दाहिना हाथ लगातार बायीं ओर घूम रहा है, मानो इशारा कर रहा है बाएं की ओर जाने के लिए; लेकिन बाएं हाथ की कोई हलचल नहीं है। वर्दी की एक तरफ़ हिलने पर वह सोच नहीं पाती कि दूसरा वाला हिस्सा क्यों नहीं हिल रहा है, कोई अशुभ संकेत है? कहां है सूरज की पिस्तौल! पिस्तौल कहाँ है!!! सूरज का 9 एम एम काली रंग की पिस्तौल मेज पर चमक रही है, जैसे ही पिस्तौल उठाई और मैगजीन खोली, पांच ताजा गोलियां देखीं। वह खड़ी हो गई दोनों हाथों से कस कर पकड़े हुए पिस्तौल के साथ......

रोशनी: "वहाँ कौन है....! मुझे बताओ, या मैं अभी गोली मार दूंगी...."

चारों ओर सनसनाहट; वर्दी को हैंगर से उतारा और एक बार हाथ फेरकर छाती से लगा कर रोने लगी।

रात काफी हो चुकी थी, उनका लड़का अभीतक लौटा नहीं, बेताब शकुंतला (सब्जीमौसी) एक बार घर के अंदर और एकबार बाहर चक्कर लगा रही है। उम्र के भार के कारण आँखों से अच्छी तरह दिखाई नहीं

देता, शरीर भी कमजोर पड़ गया। सोचती रही अभीतक लड़का (सुबीर) क्यों नहीं आया। कुछ देर बाद सुबीर दरवाजा खटखटाने लगा और शकुंतला दरवाजा खोल दिया।

बहुत देर इंतजार करने के बाद बेटे के घर आने से शकुंतला ने उसे ख़ुशी ख़ुशी गले लगा लिया, तुरंत ही उसे अपने पूरे शरीर पर कुछ चिपचिपा सा महसूस होने लगा। लालटेन को सुबीर के सामने लाते ही उसे देखकर अपनी रूह कांप उठी। उसका सीना डर से सूख गया, रोशनी द्वारा दी गई पूरी सफेद शर्ट जो उसी ने पहनने के लिए सुबीर को दी थी वह खून से लाल है। भयभीत होकर चिल्लाई.......

शकुंतला: "यह सारा खून कहाँ से आया!"

सुबीर: (थोड़ी देर तक हंस पड़ा) "अरे नहीं.....माँ यह खून मेरा नहीं है; तुम्हें पता है माँ काफी दिनों बाद आज मेरे इंतजार की घड़ी ख़त्म हुई। मैं, हमारे सुरक्षा विभाग में पांच साल से चौकीदार के रूप में काम कर रहा हूं, न ही मुझे पैसे मिले न कोई बड़ी पद, मैं तो इधर-उधर फुटबॉल की तरह लात खाता रहा। मैं कब से इस अवसर का इंतजार कर रहा था, अंत में तूने मुझे सब कुछ बताया और मेरा रास्ता साफ कर दिया। आज मैंने एक बड़े कमांडो को खत्म कर किला फ़तेह कर दिया। हमारे चीफ ने बताया कि आज से मैं चौकीदार नहीं हूं, मैं यहां का एरिया कमांडर हूं, (हँसते हुए) हा.....हा......हा....मैं एरिया कमांडर हूँ। अब से बहुत से पहरेदार, और सेना मेरे अधीन काम करेंगे। जो पुलिस में काम करते हैं और बड़े बड़े नेता लोग जो हमे आतंकवादी कहते हैं, उन्हें पता होना चाहिए हम आतंकवादी क्यों बनने जा रहे हैं? हम वास्तव में अपनी सड़कों को साफ करते हैं, सड़क का मतलब है कि हमें उन लोगों को साफ करना होगा जो हमें रोकेंगे। इसलिए हम प्रतिवादी के रूप में जाने

जाते है, हमारे संगठन में, न की हम आतंकवादी हैं। हम सिर्फ अन्याय का विरोध करते हैं, लेकिन तू कभी किसी को यह बात नहीं बताना कि मैं एक आतंकवादी हूं, पर यह जरूर कहना मैं एक प्रतिवादी हूँ (फिर से बोतल से शराब पीने लगा)...... मैं प्रतिवादी हूँ, प्रतिवादी......(हंसने लगा हा......हा......हा)......प्रतिवादी... अरे हाँ, मैं तुम्हे खुशखबरी देना भूल ही गया, मैं तुम्हारे लिए खाना लाया हूँ.....खाओ...(उनके मुँह के सामने एक टुकड़ा चिकेन और शराब लाये) अब मैं और धन कमाऊंगा, बहुत सारे लिव्रेसान फ्रंट के कमांडर मेरी सहायता करेंगे। उस दिन तुमने कहा था कि सूरज......एक पुलिस अधिकारी है, जो एक विशेष अभियान पर जा रहें है। तब से मैंने उसे मारने के लिए एक गुप्त योजना बनाई। शाम को, जब वह हमारे तीन स्वतंत्रता सेनानियों को मारकर लौट रहे थे, मैंने केवल पीछे से उनकी खोपड़ी पर दो गोलियां दागीं, और उसी समय वह सामने की ओर नहीं गिरा, बल्कि मेरे कंधे पर पीछे की ओर गिर गया; इसलिए मेरी पूरी कमीज लहू में भीग गयी, यह खून नहीं, मेरी तरक्की..... मेरी कामयाबी है। तुम नाचो, गाओ और मस्ती करो। मैंने जल्दी से उसके हथियार को जंगल में छिपा दिया एक गड्ढे खोदकर, और हमारे प्रमुख को सूचित किया। उन्होंने खुश होकर मुझे तुरंत यहां का एरिया कमांडर बना दिया। मुझे बहुत खुशी हुई......रुको, रुको...... मैंने इस खूबसूरत दोस्त को (मेरा बंदूक को) खाने से पहले उस लकड़ी के बक्से में छिपा देता हूँ, तुम तब तक खाना तैयार कर लेना।"

सुबीर लकड़ी के बक्से को खोलता है, बंदूक को एक कपड़े में लपेटकर अंदर रखता है। शकुंतला चुपचाप थाली में चावल और करी डालकर सुबीर को खाने की लिए परोसती है। सुबीर नशे में होता है, तो वह धीरे-धीरे लकड़ी के बक्से की ओर शकुंतला बढ़ती है। चुपके से

बक्से को खोलती है, बन्दूक को निकालती और क्रोध से कांपते हुए कहती है.....

शकुंतला: "तुने मेरी बेटी का सुहाग उजाड़ दिया, मैं तुझे नहीं छोड़ूंगी। तू शैतान है, मेरा बेटा नहीं बल्कि एक हत्यारा है, एक अपराधी। तुने मेरी बेटी रोशनी को विधवा बना दिया है, तुझे इस दुनिया में रहने का कोई अधिकार नहीं है, आज मैं तुझे मार डालूंगी।"

सुबीर ने अपना खाना छोड़ दिया, अपनी माँ को देखा उसका हथियार पकड़कर गुस्से से कांपते हुए.....

सुबीर: "माँ.... माँ... इसे जमीन पर फेंक दो, क्या कर रही हो..."

शकुंतला: "नहीं... नहीं... मैं तुझे माफ नहीं करूंगी, मैं सबको बता दूंगी कि मेरा बेटा एक कातिल है.... (चिल्ला कर) सुनो सुनो, मेरा सुबीर कातिल है, उसने कुछ देर पहले किसी को मार डाला है; उसे अभी पुलिस को दे दो...."

कांपते हाथों से उसने बार-बार ट्रिगर दबाकर गोली चलाने की कोशिश की, लेकिन असफल रही; बिना देर किए सुबीर खड़ा हो गया, अपने बायें पैर को उठाकर अपनी माँ के कमर पर जोर से लात मारी, जिस पर बन्दूक गिर गई और शकुंतला अपने शरीर से नियंत्रण खो बैठी..... फर्श पर गिर गई। उसने झट से जमीन से हथियार उठाया और अपनी मां को कसकर पकड़ लिया.......

सुबीर: "तुम मेरे असली दुश्मन हो, तुम मेरी प्रगति से खुश नहीं हो, अब ऐसा मौका तुझे नहीं मिलेगा माँ...(हथियार से दो गोलियां निकलीं और शकुंतला के बाएं सीने में लगीं, पूरा फर्श खून से लाल हो गया। उसके बंदूक से मैगज़ीन को खोलकर देखा उसमे अभी एक गोली बची

है। वह मन ही मन बड़बड़ाने लगा कल सब गोलियों का हिसाब मुखिया को देना होगा। मैंने उस कमांडो को दो से मार डाला, मां को दो से मारा, अभी से इस एक गोली को संभालकर रखना होगा।"

एक हाथ से माँ के शरीर को पकड़कर दूसरे हाथ से बंदूक को अपने कमर में शर्ट के अंदर घुसाकर रखा। अचानक एक महिला के स्वर उसके कानों में आए, यह सुनकर भौचक्का रह गया। जल्दी से माँ के शरीर को छोड़कर कमर से बंदूक खींचकर महिला की तरफ निशाना साधने की कोशिश की, महिला की गंभीर आवाज से उसके कानों में गाज गिरने लगी। उसने आंखे खोलकर आगे देखा एक महिला गहरे हरे रंग की कमांडो की वर्दी पहनी हुई उसके घर के खुले दरवाजे के सामने खड़ी है, हाथ में पकडे हुए 9 एम एम पिस्तौल जो सीधा उन पर निशाना बना हुआ है। उसके बाल इधर-उधर बिखरे हुए हैं, उसकी आँखें गुस्से से लाल हैं। उसकी आवाज इतनी गंभीर है जिसमे पूरा घर हिलने लगा.....

महिला: "यदि तुम थोड़ा भी हिले हो, तो इस पिस्तौल की सभी गोलियां तुम्हारे सिर के टुकड़े-टुकड़े कर देगी।"

सुबीर: (डरा हुआ बुदबुदाता है) "आप कौन हैं? आप हमारे लिबरेशन फोर्स में से नहीं हैं, लेकिन किस पार्टी में से हैं? आप चाहो तो अभी हमारे लिबरेशन फोर्स में शामिल हो सकती हो। आपको देखकर ऐसा लगता है कि भविष्य में आप एक महान नेता के रूप में ऑपरेशन का नेतृत्व करने में सक्षम होंगे, इसके लिए आपको हर अवसर दिया जाएगा, यदि आप सहमत हैं?"

महिला: "हां, मैं तुम्हारे लिबरेशन फोर्स में शामिल होना चाहती हूँ, लेकिन एक शर्त है, मेरी हर बात का तुम्हे सही जवाब देना होगा, अगर

तुम थोड़ी सी भी गलती करते हो तो मेरे पिस्तौल से निकली गोलियां तुम्हारी खोपड़ी को उड़ाने में एक सेकंड भी देर नहीं करेगी।"

सुबीर: (डरे हुए) "हाँ... हाँ... मैं जो कुछ जानता हूँ वह सब आपको बताऊंगा। मैं सब कुछ ठीक-ठीक कहूँगा।"

महिला: "आप कितने साल से लिबरेशन फ्रंट में काम कर रहे हैं?"

सुबीर: "मैं पांच साल से लिबरेशन फ्रंट में शामिल हूँ। मैं एक छोटे गार्ड के रूप में काम करता था, हमारा मुखिया जिसका असली नाम हम नहीं जानते पर राजा साहब कहकर पुकारते, उसने कहा कि वह तब तक मुझे कोई बड़ा पद नहीं देंगे जब तक मैं कुछ बड़ा काम नहीं करूंगा। आज इतने दिनों के बाद मैंने पीछे से घात लगाकर एक फ़ोर्स के बड़े कमांडो को ख़त्म कर दिया। यह समाचार सुनते ही मेरे मुखिया ने मुझे बहुत शाबाशी दी, साथ ही मुझे इस इलाके की एरिया कमांडर बना दिया। मैंने मरे हुए कमांडर का AK-47 राइफल को जंगल के एक गड्ढे में छिपाकर रखा। कल जब मैं उस राइफल को अपने मुखिया या राजा साहब के पास ले जाऊंगा, तब मैं उनसे कहूंगा कि मुझे क्षेत्र कमांडर नहीं, बल्कि इस क्षेत्र के प्रमुख बना दिया जाए। आप मुझे बताएं कि मैंने कोई छोटा काम नहीं किया, बल्कि उस असाधारण कमांडर को मार गिराया जिन्होंने पिछले दो दिनों में हमारे तीन स्वतंत्रता सेनानियों की जान ली थी। मैंने जान लेने वाले उस कमांडो को खत्म कर दिया है। आज मेरे लिए जिंदगी का सबसे अहम् दिन हैं, एक तो मुझे तरक्की मिली, दूसरा आपसे मेरी मुलाकात हुई। हमारा मुख्यालय यहां से लगभग 50 किलोमीटर दूर घने जंगल में है, हमारे आर्मी में करीब आठ सौ सदस्य हैं, जिनमें से कुछ महिलाएं जो हर समय हमारे साथ काम कर रही हैं। यदि आप हमारी सेना में शामिल होती हैं, तो मैं आपका मार्गदर्शन और पूरा समर्थन करूंगा, ताकि आपको

हमारी महिला ब्रिगेड का प्रमुख बनाया जा सके। अगर मैं आपके साथ इस बल में काम करता हूं, तो हम दोनों का जीवन बहुत बेहतर होगा।"

महिला: "मुझे क्या करना है?"

सुबीर: "आपको पहले उन सब नियमों को सिखाया जायेगा, जिनकी जंग के दौरान जरुरत पड़ती। चिंता मत कीजिए आप तो पहले से ही प्रशिक्षित हैं, लगता है की आप पढ़े-लिखे होंगे। आप डरो मत, मैं आपके साथ रहूंगा; जब आप हमारे बल में शामिल हो जाएंगी, तब आपको एक बचनबद्धता लिखित रूप में देनी होगी, जिस पर लिखा रहेगा कि इस 'लिबरेशन फ्रंट' के सभी सदस्य आपके बराबर हैं; आपके कोई माता-पिता नहीं हैं, कोई रिश्तेदार नहीं है, आपका अच्छा और बुरा सब कुछ हमारे लिबरेशन फोर्स के अच्छे और बुरे पर निर्भर करता है। आपको कभी भी अपने बारे में अकेला नहीं सोचना चाहिए; यह मानकर कि मैं सदैव आपके साथ रहूँगा, और आपकी मदद करूँगा। देखो आज से मेरा कोई नहीं है..... अपनी माँ को भी मैंने अभी-अभी खत्म कर दिया है, मैं आपके लिए सब कुछ करने का तैयार हूँ; और अभी से आप मेरे लिए सब कुछ हो। लेकिन.......आप बताना भूल गए की आप कौन सा 'लिबरेशन फ्रंट' से ताल्लुक रखते हैं!"

महिला जैसे ही अपने दाहिने हाथ से ९ एमएम पिस्तौल की स्लाइड खींचती है, गोली मैगजीन से बाहर बुलेट चैंबर में आकर फायरिंग के लिए लोड हो जाती है। बाएं हाथ की उंगली ट्रिगर पर जाने से पहले......

सुबीर: (चिल्लाते हुए) "ये... ये... ये... आप क्या कर रहे है? आप कौन हैं, कहाँ से आयी और क्यों मुझे मारना चाहती हो?"

महिला: "मैं एक देशद्रोही को मारने आई हूं, और मैं कौन हूँ जानना

चाहते हो; मैं उस देशभक्त कमांडो की पत्नी हूँ, जिसे तुम आज कायर की तरह पीछे से अन्यायपूर्ण तरीके से मार डाला। तुम भारतमाता के शत्रु और एक दुष्ट पुत्र होने के कारण तुम्हे यमलोक में भेजना अनिवार्य है। मैं तुम पर मात्र एक बुलेट खर्च करुँगी, तुम जैसे कायरों की तरह पीछे से गोली नहीं दागूंगी, तुम्हारे सीने पर सामने से एक ही गोली चलाऊंगी। तुम्हारे लिए एक गोली से ज्यादा इस्तेमाल करना गोली का अपमान है। यदि तुम एक राउंड फायर से नहीं मरे, तो समझ लेना की तुम बच गए और मैं अपना जीवन यहाँ पर त्याग दूंगी।"

अत्यंत भयभीत होकर थरथराहट से सुबीर मुँह से केवल यां......
यूँ........निकलकर दाहिने हाथ से कमर से बंदूक निकालने की कोशिश की........अचानक रोशनी कि पिस्तौल से एक बुलेट निकलकर सीधे सुबीर के सीने में लगी; और तेज़ गति से रक्तप्रवाह सीने से निकलकर उनकी मुँह और शरीर को भीगा दिया, उसका पूरा चेहरा ख़ून से लाल हो जाता है। ज़मीन पर सुबीर के शव को देखकर उल्लसित होकर दोनो हाथ ऊपर उठाकर 'भारतमाता की जय' बोलकर थोड़ी देर में ज़मीन पर बैठ गयी। मिस्टर जोसेफ़ पुलिस के दस-बारह कमांडो के साथ घटनास्थल पर पहुँचे, सम्मानपूर्वक रोशनी को गाड़ी में बिठाया और ले चले अपने विभागाध्यक्ष के कार्यालय में।

कई वर्षों बाद, रोशनी अब एक सफल कमांडिंग ऑफिसर है, जिसने अपनी बहादुरी के लिए पुलिस विभाग से कई पदक प्राप्त कर चुकी जो उनकी वर्दी में लटकें हुए है। स्वतंत्रता दिवस पर मार्च करते हुए "अमर ज्योति" को सलाम करने के पश्चात थोड़ी दूरी पर एक कुर्सी पर बैठ गई, उनके पीछे पीछे एक युवा कमांडो ने भी शहीदों को याद कर सलाम किया और उनके बगल वाली कुर्सी पर बैठ गए। मैंने हैरानी से

पूछा, "आप जैसे वरिष्ठ अधिकारी के बगल में बैठा यह युवा अधिकारी कौन है?"

रोशनी: (बच्चों जैसी मुस्कान के साथ) "यह मेरा एकलौता पुत्र संतान प्रकाश है। मैं अपने पति 'सूरज' से कहा करती थी कि 'एक्वैरियम के अंदर पले हुए मछलियों' की तरह जीवन बिताने का नाम जीवन नहीं है। मैं अपने पति के अधूरे काम को पूरा करने के लिए और देश की मिट्टी से प्यार के कारण इस महान बल में भर्ती हुई थी। देश की सेवा सबसे अच्छी सेवा है, जब प्रकाश बड़े हो गए, फिर उन्होंने मुझसे कहा, 'यदि आप पिता के अधूरे काम को पूरा करने के लिए पुलिस बल में भर्ती हुई थी, तो क्या मैं आपके और मेरे पुज्ज्य पिताजी के अधूरे काम को पूरा करने के लिए इस बल में भर्ती नहीं हो सकता?' मैं उसे तब नहीं रोक सकी। जीवन का उद्देश्य क्या है....पैसा कमाने के लिए एक मशीन बन जाना और मशीन बनकर बैंक बैलेंस को बढ़ाना है! अगर हम सब ऐसा करेंगे तो हमारी मातृभूमि की रक्षा कौन करेगा?"

मैंने कहा कि हम फिल्मों में बहुत सारे नकली नायक और नायिकाएं को देखते हैं, लेकिन आप जैसी असली महान नायिका और जो एक नायक भी है, पहले कभी कहीं नहीं देखा या सुना है। मुझे लगता है कि फिल्मों में इस तरह के बलिदान दिखाकर देश के लोगों को मातृभूमि की सेवा करने के लिए उत्साहित करना चाहिए।

रोशनी: "हम देश के लिए अपना बलिदान देंगे, यह हमारे जीवन का आदर्श और दृढ़ संकल्प है, देश हमे क्या देगी यह हम कभी नहीं सोचतें है। इस पर फिल्म या ड्रामा बने या न बने, हमारे सैनिकों के जिंदगी के हर लम्हे मौत की गोलियों में लिखा रहता है। मैं देश के लिए लड़ूंगी, जंग जीतूंगी और जरूरत पड़ी तो मर भी जाऊंगी। यह हमारा शाश्वत संकल्प

है और देश की यह सेवा दुनिया की सबसे बड़ी सेवा है।''

अभिव्यक्ति के प्रकाश मासूम लेकिन उनके चेहरे पर महान व्यक्तित्य और तेजस्वीता झलक उठे, मैंने उनसे पूछा, ''क्या आप कुछ कहेंगे?''

प्रकाश: ''मैं अपने माता-पिता की तरह एक महान योद्धा बनना चाहता हूँ; मेरी दो माताएँ हैं। एक मेरे बगल में बैठी है, और दूसरी है 'भारतमाता'; मैं अपनी दोनों माताओं को सवेरे उठकर प्रणाम करता हूं 'जय हिंद' कहकर।''

सूरज के बिना रोशनी और प्रकाश कैसे संभव! मैं भी उन सूरज, रोशनी और प्रकाश को सलाम करता हूँ, ''जय हिन्द।''

(अगला भाग पुस्तक "WAR II" पर)

''डर इंसान की सबसे बड़ी कमजोरी है।''

चार बिस्कुट

चारों ओर सन्नाटा छाया हुआ है। एक पुलिस निरीक्षक धीरे धीरे रामू के पास आकर कहता है, "रामू ...... रामू, बताओ यह सब कैसे हुआ?"

परेशान रामू रोते हुए गर्दन झुकाकर चुपचाप बैठा, कुछ नही बोल पाया, उसकी पुरानी फटी हुई कमीज पर आँखों से आँसू टपक रहे थे। एक रिपोर्टर अखबार में असली तथ्य को प्रचार करने के लिए रामू के नजदीक आकर खड़े होकर प्यार से पूछता है.....

रिपोर्टर: "रामू बेटा, बता दो तुम्हारी मम्मी कब से गायब हुई? हम सब मिलकर कोशिश करेंगे और तुम्हारी मम्मी को जल्दी ढूंढ निकालेंगे।"

रामू सिर्फ 6 साल का लड़का है, और जनता के बीच में इन गंभीर परिस्थितियों के बीच कुछ बोल नहीं पा रहा था। तब एक पुलिस अधिकारी श्री पीटर, जो कुछ ही दूरी पर खड़े होकर सभी हलचल पर नजर रख रहे थे, धीरे धीरे रामू के पास आकर उसके सिर पर अपनी हथेली को रखते हुए पूछते हैं....

पीटर: "रामू, तुम्हारी माँ कितने दिनों से लापता है? मैं आज से तुम्हे हर तरह की मदद करता रहूँगा। मेरा एक छोटा सा बच्चा है तुम्हारे जैसा, वह घर पर अकेले तुम्हारा साथ खेलने के लिए काफी दिनों से इंतजार कर

रहा है। तुम चलोगे मेरे साथ तुम्हारे दोस्त के साथ खेलने के लिए? डरो मत, तुम उससे मिलकर बहुत खुश हो जाओगे, मुझे सब कुछ बताओ, तुम्हारी मम्मी के साथ जो कुछ भी हुआ था।"

अपनी छोटी छोटी दोनों हथेलियों से आँखों से निकले आँशूओं को रगड़ने के पश्चात मिस्टर पीटर के चेहरे की ओर देखा और झिझकते हुए....

रामू: "मेरी मम्मी… मम्मी....(रो पड़ा)"

रामू के बयानों को दर्ज करने के लिए हाथ में एक नोटबुक और कलम लेकर पीटर एक कुर्सी खींचकर रामू के बहुत करीब बैठ जाते हैं, और अन्य पुलिसकर्मी शव की तलाश में जमीन खोदने में लगे रहतें हैं।

रामू: "मेरे पापा एक फेरीवाला थे। उस दिन आकाश में बादल छाए हुए थे, सवेरे भी रात की तरह अँधेरा हो गया था, और धूप दिखाई नहीं दे रही थी। हम अपनी छोटी सी झोपड़ी में बैठे बादलों की गर्जना सुन रहे थे। मम्मी ने पापा से कहा, 'आज तुम्हे बाहर नही निकलना चाहिए, चलो आज हम सब मिलकर बरसात के दिन इस छोटी सी झोपड़ी में बैठकर गप्पे मारते है और हँसी-मज़ाक करते है, हमें बहुत मज़ा आएगा।' मैंने बोला, 'हम सब एक साथ मजा करेंगे।'

पापा ने मुस्कुराते हुए मम्मी को जवाब दिया, 'ठीक है, मैं यहाँ आपकी कहानी सुनने के लिए बैठ जाता हूँ, लेकिन हमें दो वक्त की रोटी कौन देगा?' अंकलजी, हम तो बहुत गरीब थे, और मुश्किल से ही हमे दो वक्त की खाना मिलता था। जब पापा विभिन्न गाँवों में घूम-घूम कर बच्चों के लिए कुछ खिलौने, गुड़िया और छोटी छोटी चीजें बेचकर वापस आते थे, तब उनके हाथ में एक थैला जिसमें कुछ चावल, दाल,

आलू, प्याज और खाना पकाने के लिए थोड़े से मसाले होते थे। मम्मी बड़े मजे से खाना बनाती और पापा से बातें करती थी, कभी कभी पापा मुझे दुलारते थे तो मैं उनकी गोद में बैठ जाता था। हम सब एक साथ रहकर बहुत खुश थे। उस दिन भी गरजते हुए बादल को देखते हुए पापा कुछ रुपये कमाने की तलाश में घर से निकल गए। पूरे दिन मैं और मेरी मम्मी अपने पापा की वापसी का इंतज़ार कर रहे थे।

दिन बीत गया पर पापा शाम तक वापस नहीं आए। मैं और मम्मी दोनों बेचैन हो गए, और बार-बार हम घर के बहार और पास की सड़क को देखने लगे यह सोचकर की पापा जल्दी आनेवाले है। रात में भी पापा वापस नहीं आए। आधी रात को मम्मी फर्श पर अकेले एक कोने में बैठकर रोने लगी। मुझे बहुत भूख लग रही थी क्योंकि पूरे दिन हम दोनों ने कुछ भी भोजन नहीं किया था। एक समय मैं थक गया और रोते रोते मम्मी की गोद में सो गया।

अचानक आधी रात में बाहर से कुछ लोगों ने दरवाज़ा खटखटाया, आवाज़ सुनकर मैं बड़े हौसले से उठा। डरी हुई मम्मी ने चिंतित होकर दरवाज़ा खोला, मैंने देखा कि मेरे पापा के शव को चार-पांच लोग पकड़कर घर के अंदर ले आए और शव को फर्श पर रख दिया, फिर मम्मी से कहा, 'वह अब इस दुनिया में नहीं हैं, सड़क दुर्घटना में उनकी जान चली गई।'

पापा की फटी कमीज पर खून के कई धब्बे देखने के पश्चात मम्मी पूरी तरह से टूट गई, वह खुद को नियंत्रित नहीं कर सकीं और फर्श पर लेटकर रोने लगीं। उस समय वहां कोई भी मौजूद नहीं था, जो हमारी मदद कर सके। अपने पापा के शव को पकड़कर मैं और मम्मी दोनों एक साथ रो रहें थे। थोड़ी ही देर बाद मुहल्ले के कुछ पडोसी पापा के शव को दाह

संस्कार करने के लिए ले जाने आए। मैं पड़ोसियों के साथ अपने पापा का दाह संस्कार करने के लिए श्मशान घाट तक चला गया था।

अगले दिन सुबह श्मशान घाट से लौटने के बाद मुझे बहुत ज्यादा भूख लग रही थी। मैंने देखा हमारे घर के एक कोने में बैठकर मम्मी ने पहले जैसी ही रो रही थी। मम्मी बोली, 'मेरी भाग्य कि विडंबना, हमने सब कुछ खो दिया, अब मैं सचमुच अकेली हूं। मैं इस स्थिति से कैसे निपटूं और समाज में कैसे जी पाऊँगी!'

थोड़ी ही देर बाद मम्मी ने मुझे गले लगाया और मैंने मम्मी को कहा, 'रोना मत मम्मी, मैं जल्दी बड़ा होकर तुम्हे पूरा सहारा दूंगा। अब मुझे बहुत भूख लगी है, मुझे जल्दी से कुछ खाना दो, खाने के बाद मैं तुम्हारे लिए कुछ कमाने की तलाश में बाजार जाऊंगा, अब मुझे जल्दी से खाना दो।'

अंत में मम्मी उठ खड़ी हुईं, अपने बालों में कंघी की और एक टुकड़ा रबर बांध दिया, उसने अपनी साड़ी बदली और दीवार पर लटके हुए पुराने शीशे के सामने खड़ी होकर खुद को बारबार देखने लगी। उसने फिर मुझे गले लगाया, मेरे माथे पर चुंबन दिया और कहा, 'मेरे आने तक यहाँ से एक कदम भी बाहर मत निकलना। दुनिया बहुत जालिम हैं, मैं तुम्हारे लिए कुछ खाने का इंतजाम करने जा रही हूँ।'

लेकिन मेरी मम्मी जल्दी नहीं लौटी। दिन भर मैं अपनी छोटी सी झोपड़ी में अकेले बैठकर अपने पापा के बारे में सोच रहा था। आखिर मेरी मम्मी रात को करीब आठ बजे वापस आई, मुझे दुलारने लगी और कहा, 'मैं बहुत जोखिम उठाने के पश्चात तुम्हारे लिए कुछ खाना लाने में कामयाब रही। कल से मैं तुम्हे दिन और रात में दो बार खाना खिलाने

में सक्षम हो जाउंगी, जानते हो मुझे एक घर में काम करने के लिए मौका मिला है। मुझे नौकरी मिली है, और मैं कल से काम करने चली जाऊंगी। मेरे प्यारे बच्चे, देखना तुम्हे कल से कोई तकलीफ नहीं होगी। अभी के लिए बस इतना ही खा लो ....'

अचानक बाहर से दरवाजा खटखटाने की तेज आवाज सुनाई देने लगी। मम्मी डर गई और चिल्लाने लगी लेकिन हमारी मदद के लिए कोई नहीं आया। हैरानी की बात यह है कि दो लोग हमारे घर के लकड़ी के कमजोर दरवाजे को तोड़कर कमरे के अंदर दाखिल हुए और मम्मी को साथ चलने को कहा, लेकिन मम्मी ने मना कर दिया। उन दोनों बदमाशों ने मम्मी को लुभाने के लिए बहुत कुछ देने का वादा किया, पर मम्मी ने उनके साथ जाने के लिए इनकार कर दिया। फिर भी उन दोनों बदमाशों ने मम्मी को ले जाने के लिए लगातार प्रयास किया, अंत में दोनों व्यक्ति क्रोध से आग बबूला हो गए और उनमें से एक ने मम्मी के बाल पकड़कर कस कर खींचे। मम्मी बेबस होकर कराह रही थी, और उन वह दोनों दुष्ट व्यक्तियों से बचने की कोशिश कर रहा था। मैं डर के मारे रो रहा था, और अपनी नन्ही उंगलियों से मम्मी को छुड़ाने की पूरी कोशिश कर रही थी। चूँकि मेरे लिए कोई रास्ता नहीं था, इसलिए मैंने उस दुष्ट जिसने माँ के बाल कसकर पकड़ रखे थे, उनके नितंब को दांतों से काटा। उस समय दूसरा व्यक्ति गुस्से से लाल आँखों से मुझे देख रहा था, मुझे खींच लिया और बेरहमी से जमीन पर पटक पटक के गिराया, मुझे पीठ पर बहुत दर्द होने लगा और मैं बेहोश हो गया।'' (यह कहकर रामू ने अपना बायां हाथ पीछे रखा जंहा पर चोट लगी थी और दर्द व्यक्त किया)

मिस्टर पीटर ने रामू के सिर पर हथेली रखते हुए सहलाया और उसे बात को जारी रखने के लिए कहा। रामू की आँखों में आँसू भर गए, फिर

वह कहने लगा.....

रामू: "अगले दिन सुबह जब मैंने अपनी आँखें खोलीं, तो देखा कि मेरी मम्मी वहाँ नहीं थी और इसलिए मैं गहरे दुख के साथ मम्मी...... मम्मी... कहकर रोने और चिल्लाने लगा। कुछ पडोसी आपस में बातें करते हुए हमारे घर के पास पहुंचे। उन लोगों में से एक ने मुझे भोजन के लिए थोड़ा सा दूध और दो रोटी दिए थे, जिसे मैंने खाया।

इसके अलावा उन्होंने मुझे एक रेस्तरां के मालिक को सौंप दिया, जहां मैं दिन भर कप-प्लेट धोता था। एक बार मालिक ने मुझसे मेरे अतीत के बारे में पूछा और मुझे साथ ले कर एक पुलिस थाने में गए जहाँ मेरी मम्मी की गुमशुदगी की शिकायत दर्ज कराई। अंकल, अंकल... बताओ मेरी माँ कहाँ है...." (यह कहकर रामू फिर रोने लगा)

अंत में चार पुलिसकर्मी काफी मशक्कत करने के बाद मिट्टी खोदकर एक सड़ी-गली लाश को जमीन के नीचे से निकालने में कामयाब हुए। पुलिसवालों ने दुर्गन्ध को ढकने और सुगंध फैलाने के लिए चारो और डीओ स्प्रे और अगरबत्तिओं का इस्तेमाल करने लगे। धीरे धीरे सड़ी-गली लाश को उठाकर एक सफेद पॉलीथिन शीट पर रख दिया। नाक पर रुमाल रखे हुए पुलिस अधिकारी पीटर कुर्सी से उठे और जांच के लिए क्षत-विक्षत शव को देखने लगे, अचानक उनकी नजर में आया कि क्षत-विक्षत शरीर के बाएं हाथ की मुट्ठी बंद उंगलियों के बीच कुछ रखा हुआ है। शव के बहुत करीब आकर.....

पीटर: "रामू, वह तुम्हारी माँ है।"

हत्यारों को ढूंढ निकालने के उद्देश्य सभी पुलिसवाले कुछ सुराग पाने के लिए अच्छी तरह छानबीन करने लगे। मिस्टर पीटर ने आदेश

दिया शव की मुट्ठी बंद अँगुलियों के बीच में जो सामान फंसा हुआ है, उसे निकालना जरुरी है। दो पुलिस कर्मियों ने उस बंद मुट्ठी में दबी चीज को निकालने कि बहुत कोशिश करने पर भी वह नाकाम रहे। जब उस वस्तु को कोई भी न निकाल पाया, तब पीटर ने एक चाकू की मदत से चीज को निकालवाने कि कोशिश की, फिर भी उन्हें कामयाबी नहीं मिली। अंत में यह आदेश जारी किया गया की यदि संभव न हो तो शव की उंगलियां काट ली जाए। क्षत-विक्षत शरीर की रक्षा करते हुए रामू कराहते हुए आगे आता है......

रामू: "नहीं.... नहीं...... मेरी मम्मी की अंगुलियां मत काटना... (रोते हुए)..... मम्मी.... मम्मी.....तुम वापस आ जाओ......वापस आ जाओ......एक बार लौट आओ.... जल्दी आ जाओ.., मैं तुमसे कभी खाना नहीं मांगूँगा।"

अचानक एक ठंडी हवा चलने लगी और क्षत-विक्षत शरीर की उंगलियां धीरे-धीरे खुलने लगती हैं, हथेली के अंदर रखा रुमाल से बंधे हुए एक छोटा सा पैकेट जमीन पर गिर जाता है। एक पुलिसकर्मी मुड़े हुए गंदे रूमाल को उठाता है, और अंदर की असली चीज़ का पता लगाने के लिए धीरे-धीरे खोलता है। वह देखता है कि पैकेट के अंदर केवल "चार बिस्कुट" जो अब भी ताजा है।

"माँ का प्यार कभी नहीं मरता।"

सुमित्रा का पहला प्यार

प्यार एक छोटा सा शब्द नहीं हैं, जिंदगी का ज्यादातर समय बीत जाने के बाद भी इस शब्द का अर्थ समझ में नहीं आता और अधूरा रह जाता हैं। प्यार सोच कर नहीं किया जाता, पर हो जाता हैं। प्यार कब, कहाँ, किससे और कैसे हो जाएगा यह पहले से अंदाजा लगाना बहुत ही मुश्किल है।

देव और सुमित्रा दोनों ही एक गांव के स्कूल में पढ़ते थे, पर दोनों के घर एक गांव में नहीं बल्कि अलग अलग गांव में थे। धीरे-धीरे दोनों बोर्ड की परीक्षा में उत्तीर्ण होने के पश्चात बारह क्लास कि पढ़ाई पूरी करने के लिए, देव उनके घर से दो किलोमीटर दूर, और सुमित्रा, अपने घर से एक किलोमीटर दूर स्थित एक उच्च विद्यालय में एक साथ दाखिल हुए। अब दोनों के जीवन में यौवन काल कि बसन्त ऋतु धीरे धीरे आविर्भाव होने लगी। देव की घर कि स्थिति बहुत अच्छी नहीं थी, उनके पिता एक सामान्य सरकारी कर्मचारी थे। देव कि यह आकांक्षा थी की ग्रैजुएट होने के पश्चात नौकरियों कि तलाश में जुटेंगे। सुमित्रा के घर कि हालत बहुत ही ख़राब थी, उसका भविष्य उनके पिता के निर्णय पर निर्भर था, वह खेती में काम करते थे, और वह जब चाहे उसकी शादी किसी से कभी भी करवा दें, पहले से अंदाजा लगाना मुश्किल है।

आज से पचास साल पहले गांव के हालत अभी जैसे नहीं थे, न ही बिजली-पंखे, न ही मोबाइल फोन और न ही यातायात के लिए बस या गाड़ी पर्याप्त मात्रा में उपलब्ध थे। स्कूल-कॉलेजों में पड़ने के लिए दूर-दूर तक पैदल चलना पड़ता था। घर आने में थोड़ा सा विलम्ब होने पर माता-पिता को हजारों सवालों के जवाब देने पड़ते थे। उस जमाने में प्यार करना, और फिर प्यार में कामयाब होना इतना आसान नहीं था। स्कूल-कॉलेजों में लड़का-लड़की से मेल-मिलाप बहुत ही कम देखने को मिलता था। प्यार तो तब भी होता था, और आज भी हो रहा है; पर उस समय ज्यादातर प्यार हृदय में हँसते-खिलते और इंतजार करते हुए सोचने लगता इस दुनिया में मेरे जैसा भाग्यशाली और कोई नहीं होगा अगर मुझे आशिक़/प्रेयसी मिल जाए, लेकिन मिले तब ना!

स्कूल में हर साल कि तरह उस समय वार्षिक खेल-कूद के कार्यक्रम चल रहे थे, जब सुमित्रा की सहेली उर्मिला ने कहा, “चल सुमित्रा, आज हम दोनों वार्षिक फुटबॉल प्रतियोगिता देखने मैदान में जाएंगे।” सुमित्रा ने साथ साथ कहा, “मुझे फुटबॉल खेल देखना अच्छा नहीं लगता।” उर्मिला बार-बार कहने लगी एक बार जाकर देखते हैं, अगर अच्छा नहीं लगता तो हम वापस क्लास में लौट आएंगे। सुमित्रा राजी हो गई और उर्मिला के साथ मैदान में जाकर एक दूसरे के बगल में कुर्सी पर बैठकर खेल शुरू होने का इंतजार करने लगी। धीरे-धीरे दोनों टीम मैदान में उतरी, बारवीं क्लास के लड़कों ने पीली जर्सी के साथ काली हाफ़ पैंट, और ग्यारवी क्लास के लड़कों ने लाल जर्सी के साथ सफेद हाफ़ पैंट पहन कर खड़े हो गए। उर्मिला ने धीरे से सुमित्रा से पूछा, “सुमित्रा, तुझे कौन सी टीम ज्यादा पसंद हैं?” सुमित्रा रंगीन जर्सी के साथ लड़कों को देखते हुए मोहित हो गई थी और खुशी जाहिर करते हुए कही, “ग्यारवी क्लास की

टीम मुझे ज्यादा पसन्द हैं, ताकि वह हमारे क्लास को जिताएंगे।" उर्मिला ने कहा, "यह तो मुझे पहले से ही पता था, पर तुझे टेस्ट करने के लिए मैने पूछा था।"

खेल शुरू हो गया, उर्मिला ने फिर दूसरा सवाल पूछा, "अब बता तुझे कौनसा खिलाडी अच्छा लग रहा हैं?" उसी समय उसने देव को देखा बॉल के साथ दौड़ता हुआ, उसने बहुत कोशिश की गोल दागने, पर चूक गयी। सभी दर्शक उत्तेजित हो कर खड़े हो गए, उर्मिला को उसके प्रश्नों का उत्तर नहीं मिला। उसी समय अचानक बॉल बाउंडरी लाइन के बाहर आकर ठीक सुमित्रा जहाँ पर बैठी थी, उसकी दोनों पैर की बीच में बॉल आहिस्ता से आकर रुक गयी। सुमित्रा क्या करेगी सोचने लगी, देव सामने आकर खड़ा हुआ और आंखें फाड़ कर सुमित्रा को देखा, उसका गोलाकार हंसमुख चेहरा, प्यारी सी आंखे सांवला सा रंग, एक प्लास्टिक कि कुर्सी पर बैठी हुई। फुटबॉल के पीछे भागते हुए देव थोड़ा सा थक गया था, हांफते हुए सुमित्रा के सामने आकर उनसे नजरें मिलाने के पश्चात मोहित हो गया और कुछ कह नहीं पाया। दोनों दो पल के लिए एक दूसरे को देखते रह गए। देव को हांफते हुए देखकर सुमित्रा के हृदय में एक दर्द जैसा महसूस होने लगा। कुछ कहे बिना हाथ में पकडे हुए पानी की बोतल को धीरे से उनके सामने ले आयी। देव कुछ कहे बिना सुमित्रा की हाथ से पानी की बोतल को लेकर दो घूंट पानी जल्दी पिया और मुस्कुराते हुए कहा 'थैंक यू।' सुमित्रा भूल गई कि बॉल उसके पैर की नीचे पड़ी है। मैदान में खेल रहे सभी खिलाडी एक साथ 'बॉल दो'....'बॉल दो' कहकर चिल्लाने लगे। अचानक देव का खोया हुआ होश लौट आया, लज्जित होकर देव धीरे से बोला, "बॉल तो दे दो,....खेल रुक रहा है।" दो पल के लिए सुमित्रा और देव की नजरों एक दूसरे को बहुत

कुछ कहना चाहती थी, दोनों के आँखों से प्यार की रोशनी निकल रही थी। देव कुछ कहे बिना अपना हाथ को आगे बढ़ाकर बॉल को छूने की कोशिश की, तभी सुमित्रा ने आहिस्ता से बॉल को नीचे से उठाकर उसके हाथों में मुस्कुराते हुए चेहरे से सौंप दिया, देव दोनों हाथों में बॉल को पकड़कर थोड़ा सा मुस्कुराने के पश्चात मन ही मन यह कहा, "पल भर के लिए कोई हमें प्यार कर ले, झूठा ही सही"...दौड़ के चला गया। सुमित्रा ने खुले आसमान के नीचे खाड़ी होकर 'फूलों के बगीचे में हवा के झोंके जैसे सभी फूलों खिलने लगते है' उसी तरह ऊपर खुले आसमान की ओर नजरें रखते हुए हंसने लगी।

दो पल के लिए देव की नजरें और उसका मुस्कुराता हुआ मिठास चेहरा सुमित्रा का इतना दिन तक बंद पड़े हुए हृदय के द्वार को अचानक हिला दिया, उसकी हृदय की धड़कने थोड़ी सी तेज हो गई। एक लड़की दूसरी लड़की की भावना को जानने के लिए लड़के से ज्यादा उत्सुक होती हैं। उर्मिला को इतनी देर तक सुमित्रा से कोई जवाब न मिलने पर वह उसके कान के पास मुँह लाकर, "चल सुमित्रा, अभी हम क्लास में जा कर बैठेंगे, यह खेल इतना अच्छा नहीं हो रहा है।" सुमित्रा के मन में तब तक प्रेम की तरंग लग चुकी थी।

सुमित्रा: "अभी तो खेल बहुत अच्छा चल रहा हैं, हम खेल को पूरा देखने के बाद ही जाएंगे।"

उर्मिला: "हाँ...जी...हाँ, अब तो तेरा खेल शुरू हो गया; अभी तू खेल का मैदान में नहीं बल्कि देव के दिल में बैठने की सोच रही हैं....न?"

सुमित्रा: (थोड़ी सी शर्मा गई और बोली) "उर्मिला, तुझे किसी के पीछे पड़ना अच्छा लगता हैं क्या?"

खेल में देव अच्छा प्रदर्शन करता रहा और गोल दागने पर चारो ओर सभी दर्शक ने तालियां बजाने लगे, ताली बजाते बजाते सुमित्रा भूल गई की सब चुप हो गए। उन्होंने ताली बजाना बंद न करने पर उर्मिला जोर से उसके हाथ को पकड़ लेती है....

उर्मिला: "अब तो बंद कर, सब लोग तुझे देख रहे है; मुझे सब पता चल गया।"

शर्म से सुमित्रा अपनी जीभ को दांत से धीरे से काटती हुई.... आहिस्ता से.... "इस।"

कुछ दिनों के बाद स्कूल में वार्षिक पुरस्कार वितरण अनुष्ठान का आयोजन किया गया, जिसमे सभी छात्र अपने परिवार के साथ मनोरंजन कार्यक्रम देखने उपस्थित हुए थे। छात्रों-छात्राएं एक साथ बैठकर कार्यक्रम देखने लगे, बिजेताओं का नाम प्रधान शिक्षक ने एक-एक करके पुकारने लगे, प्रशंसा पत्र के साथ एक गिफ्ट पैक शिक्षक के द्वारा विजेताओं को दिए जा रहे थे। क्लास में प्रथम स्थान पाने के लिए जब देव का नाम पुकारा, सभी आश्चर्यचकित हो गए, खेल के साथ-साथ उन्हें पढ़ाई के लिए भी पुरस्कृत किया। देव सभी छात्र-छात्राओं के बीच में से खड़ा होकर शिक्षक के पास जाकर अपने पुरस्कार को दोनों हाथों से पकड़ कर जब भीड़ के अंदर से आने लगा, अचानक हाथ से क्लास में प्रथम स्थान पाने पर जो प्रशंसा पत्र मिला था वह नीचे गिर गया। खुशी-खुशी आने पर इतना ध्यान नहीं दे पाया। देव काफी शर्मिली प्रकृति का लड़का था। उन्हें बहुत दुःख तो हुआ पर उनकी इतनी हिम्मत नहीं थी की भीड़ में जाकर सभी लड़कें-लड़कियों से कहें की जिन्हें उनका प्रशंसा पत्र मिला वह उन्हें वापस कर दें। अचानक जहाँ पर प्रशंसा पत्र देव के हाथ से नीचे गिरा, वहा पर बैठी थी सुमित्रा, ठीक उनकी गोद पर वही प्रशंसा पत्र गिरा।

प्रशंसा पत्र गिरते ही सुमित्रा ने देने के लिए उठाया तो देखा देव काफी आगे चला गया। वह एक बार सोचती रही क्या देव ने प्यार का इजहार करते हुए जान-बूझकर उनके प्रशंसा पत्र मेरे पास फेंक तो नहीं दिया, या फिर गलती से उनका हाथ से नीचे गिर गया! अगर गलती से उनके हाथ से नीचे गिरा तो उन्होंने क्यों नहीं उठाया! ठीक हैं, अगर उन्होंने मुझे यह सर्टिफिकेट नहीं दिया तो जरूर स्कूल में आकर मांग लेगी, फिर भी नहीं मांगा तो मैं यह समझूंगी की उन्हें मूझसे प्यार हो गया हैं।

घर में आते ही देव के माता-पिता-भाई खूब अफ़सोस करने लगे कि इतने दिनों तक मेहनत करने के पश्चात जो प्रशंसा पत्र उन्हें मिला, उसे ही खो दिया। जब सरल मन से देव कहने लगे की उनके पास वह गिफ्ट तो है जो स्कूल से मिला था, तब उन सभी हँस पड़े यह कहकर कि गिफ्ट तो बाजार से कोई भी खरीद सकता है, पर प्रशंसा पत्र को दोबारा नहीं बनाया जा सकता। बेचारा देव क्या करें, अपने आपको धिक्कारने लगा और मन ही मन यह भी सोचा यह सर्टिफिकेट कोई लेकर भी क्या करेगा, उस पर तो देवदास दत्ता का नाम लिखा हुआ हैं। अगर किसी को मिला हैं तो कुछ दिनों बाद स्कूल खुलने के पश्चात जरूर उन्हें वापस लौटाएंगे।

स्कूल खुलने के बाद जब दो-चार सहपाठियों से पूछा तो उन छात्रों ने जवाब दिया की किसी ने उनके प्रशंसा पत्र को नहीं देखा। क्लास की लड़कियों से उस ज़माने में बात करना इतना आसान नहीं था, सभी लड़के लड़कियां एक ही स्कूल में पड़ते हुए भी आपस में बातचीत कम करते थे; भले ही कोई लड़की उनके प्रशंसा पत्र को लेकर क्या करेगी! कुछ सप्ताह बीत जाने के बाद भी जब देव ने सुमित्रा से सर्टिफिकेट नहीं मांगा तो सुमित्रा ने प्रशंसा पत्र को गले लगा कर दो बार चूमा और मन ही मन कहने लगी 'देव, मैं जानती हूं तुम मुझे बहुत प्यार करते हों' तत्पश्चात

फिर एक डायरी के अंदर उसे प्यार से रख दिया। जबकि देव को पता ही नहीं चला कि उसका प्रशंसा पत्र कहाँ पर गिरा और किसने उसे उठा कर रख दिया। यह घटना उर्मिला को कुछ दिनों बाद पता चली, वह सुनकर उर्मिला को बहुत गुस्सा आया और वह सुमित्रा को डांटने लगी यह कहकर कि दूसरे का कोई भी व्यक्तिगत सामान को अपने पास रखना उचित नहीं हैं। देव का सर्टिफिकेट देव को ही वापस दे देना चाहिए था। सुमित्रा को एक बार गलती की अहसास होने लगा, फिर यह भी सोचने लगी देव ने उसी से प्यार जरूर किया होगा। सर्टिफिकेट को मेरे पास फेंक कर उन्होंने मुझ से प्यार का इजहार किया, पर कैसे उन्हें लौटाया जाए मेरी समझ में नहीं आता। मन में डर होने लगा यदि एक महीना बीत जाने के बाद देव का सर्टिफिकेट उन्हें वापस कर दूँ तब वह प्रधान शिक्षक को शिकायत कर देगा, पूरे क्लास के छात्र-छात्राओं और स्कूल के सभी शिक्षक मुझ पर टूट पड़ेंगे, मैं किसी को मुँह दिखाने कि काबिल नहीं रहूंगी। उर्मिला ने सारी बात सुनकर कहा इस विषय पर तू एक अच्छा सा खत लिख, और लिफाफा के अंदर डाल कर देव को दे देना। सुमित्रा ने राजी हो कर प्यार से एक चिट्ठी लिखी और लिफाफा के अंदर डाल कर उर्मिला को दे कर कही यह सर्टिफिकेट जरूर देव को ही देना, मेरी हिम्मत नहीं हो रही हैं की उसका दिया हुआ प्यार उसीको वापस कर दूँ।उर्मिला ने भी कहा कि वह देव का सर्टिफिकेट देव को ही वापस कर देगी। कभी-कभी इंसान सोचते कुछ, होते और कुछ; उर्मिला जब स्कूल में देव को लिफाफा देने गई तो पता चला एक दिन पहले ही देव ने टी सी लेकर स्कूल छोड़कर चले गए दूर कहीं दूसरे स्कूल में दाखिल होने के लिए, उनके पिता का स्थानांतरण दूसरे जिले में हो जाने के कारण वह चला गया। उर्मिला निराश होकर आई और लिफाफा सुमित्रा को लौटा दी। सुमित्रा के दिल में हथौड़ा

पीटने लगा; बहुत कुछ कहना चाहती थी पर कह नहीं पाई,हताश हो कर उर्मिला से पूछी, "अब मैं क्या करू?"उर्मिला ने देखा सुमित्रा की आँखों में प्यार का आँसू। उन्हें उत्साहित करने के लिए....

उर्मिला: "कोई बात नहीं हैं, किसी न किसी दिन देव एक बार कम से कम जरूर आएगा, तब दे देना। मान लो नहीं आया, तब उनका घर का पता, पता करके पोस्ट ऑफ़िस के द्वारा भेज देना।"

रोज स्कूल के बरामदे से, कभी कभी खिड़की से बाहर की ओर नज़रें डाल कर देखती रहती कि कब देव सामने आकर उनसे मिले। एक दिन....दो....दिन...., एक महीने.....दो महीने.... गुज़रते गुज़रते साल बीत गए, पर देव वापस नहीं आया।

समय किसी का इन्तजार नहीं करता, सुमित्रा की शादी की तिथि पक्की हो गई।उसके पिता ने एक ऐसा लड़के को पसंद किया जो एक मेडिकल रिप्रेजेन्टेटिव था। सुमित्रा का प्यार दिल में ही दफ़न हो गया, मन प्यार का प्यासा रह गया। जिंदगी में सबसे ज्यादा आनंद मिलता हैं तब, जब किसी का प्यार मिले, जिसे खो जाने के गम में हताश हो कर दिल में कष्ट को चुपचाप सहते हुए सुमित्रा अपनी ससुराल की ओर जाने के लिए तैयार हो गई।शादी के लिए उन्हें जो कुछ मिले थे सब एक स्टील की ट्रंक में रख कर एक बार देखाकोई सामान छूट तो नहीं गया। अचानक स्कूल के पुराने पुस्तकों के अंदर वह डायरी दिखाई दी, जल्दी उठाकर कई पन्ने पलटने के पश्चात देव को लिखी हुई चिट्ठी जो लिफाफा के अंदर थी दिखाई दी। उसे देखकर सोचती रही यह कोई काम की नहीं हैं, एक बार लिफाफा खोल कर प्रशंसा पत्र को देखा और फाड़ने लगी, तब देव का मिठास मुस्कराते हुए चेहरे आँखों के सामने चमकने लगा। उस दिन की यादें फिर से ताजा होकर मन में झाँकने लगी; सर्टिफिकेट को फाड़ नहीं

पाई, दोनों हाथों से पकड़ कर अपनी छाती से लिपटकर मन ही मन कहने लगी, "देव, मैंने तुमसे सचमुच बहुत प्यार किया था, इस जनम में तुम मेरे हो न सकें, फिर भी मैं तुम्हारा यह प्रशंसा पत्र कभी फाड़ूंगी नहीं, क्योंकि इस पर तुम्हारा नाम लिखा हैं। जब-जब मुझे किसी प्रकार कि तकलीफ़ होगी, तब मैं यह सर्टिफिकेट पर लिखा हुआ तुम्हारा नाम को देख कर शांत हो जाऊँगी, और मैं परमेश्वर से यह प्रार्थना करती हूं कि तुम्हें सदा खुश रखें। तुमसे मैंने प्यार किया, इसलिए तुम्हारी खुशी में ही मेरी खुशी हैं। इस जिंदगी में कभी किसी वक्त अगर तुमसे मुलाकात हो जाए तब तुम्हारा यह प्रशंसा पत्र तुम्हें मेरी प्यार से लिखी हुई चिट्ठी के साथ लौटा दूंगी। अब मैं इसे स्टील ट्रंक की सबसे नीचे अपनी शादी की बनारसी साड़ी के अंदर रख देती हूं।"इतना कहकर ट्रंक के अंदर सर्टिफिकेट को रखकर नई दुल्हन बनकर चली गई दूल्हे के साथ ससुराल।

सुमित्रा के पति माधव जो एक मैडिकल रिप्रेजेन्टेटिव थे, बहुत मेहनत करके थोड़ा बहुत कमा लेते थे। वो अपने बैग के अंदर एक डायरी रखते थे, जिस पर कब, कहाँ, किससे मिलना हैं उस पर लिख कर रखते थे। स्वभाव से माधव एक अच्छे इंसान थे, पर उनका गुस्सा जल्दी आ जाता और फिर थोड़ी देर के बाद शांत भी हो जाता। सुमित्रा ने धीरे धीरे माधव के अनुसार अपने आप को ढाल लिया, और उनके घर की सुख-दुःख में बड़ी भूमिका निभाती रही।

काफी दिनों बीत जाने के बाद एक दिन सुमित्रा से बहुत बड़ी गलती हो गयी, जब वह माधव के कपड़े धोने लगे, अचानक गलती से उनकी वह छोटी सी डायरी पानी में गिर गयी, जब पानी से उठाई तब उस पर लिखे हुए सारे नाम और पता मिट गए। भीगी हुयी डायरी को ले कर जब डरती हुई माधव को दिखाने लगी, माधव अपना क्रोध को क़ाबू न कर

पाया, और बहुत गाली देने लगे, सुमित्रा बार-बार माफ़ी मांगने लगी, लेकिन माधव का गुस्सा कम नहीं हुआ। आख़िर एक जोड़ से धक्का दे कर.......

माधव:"जाओ...... तुम मेरे सामने से अब भी निकल जाओ, मेरा काम-धंधा को चौपट करकेखड़ी खड़ी मुँह क्या देख रही हो! जाओ, निकल जाओ...... दोबारा मेरे पास मत आना।"

अचानक धक्का लगने से सुमित्रा खुद को संभाल नहीं पाई, और गिर पड़ी, कमर में दर्द होने लगा।माधव घर से निकल गया, और सुमित्रा नीचे गिर कर रो पड़ी।बहुत दुःख होने के कारण, दोपहर में खाना भी नहीं खाया, शाम होने के बाद स्टील ट्रंक को खोल कर साड़ी के अंदर से पुराने सर्टिफिकेट को निकाल कर देखने लगी, लिखा हुआ देवदास के नाम के ऊपर दो चार वार अँगुली से आहिस्ता-आहिस्ता से स्पर्श करने लगी, अचानक आँखों से दो बूँद पानी सर्टिफिकेट के ऊपर गिर पड़े, सुमित्रा की दिल की धड़कने तेज हो गई और मुँह से धीरे से निकल आई "देव, तुम ठीक तो हो न?" आँखों की पानी से देव नाम मिट गया और दास दत्ता रह गया। जल्दी दरवाजा को बंद करके बिस्तर के ऊपर बैठकर एक कलम ले कर बहुत ही प्यार से दास से पहले पुनः देव लिख दी और बार-बार देखने लगी सर्टिफिकेट को देखने से ठीक पहले जैसा लग रहा हैं या नहीं...... उसी समय बाहर से दरवाजा को बार बार धक्का देने का आवाज आने लगा। जल्दी उठ कर स्टील ट्रंक को खोल कर उसी जगह साड़ी के अंदर सर्टिफिकेट को छिपा कर रख दी और धीरे से दरवाजा खोला एवं देखते रह गई बाहर खड़े नतमस्तक होकर माधव और उनके माँ। माधव की माँ पार्वती कहने लगी........

पार्वती: "मेरा बेटा ने अपनी गलती मान ली हैं, मैंने उसे खूब डाँटा,

अब तुम भी उसे माफ़ कर दो बेटी, हम सब एक ही परिवार में रहते हैं, कभी कभार उल्टी सीधी बातें हो जाती हैं, उसे दिल में रखना नहीं। तुमने खाना नहीं खाया तो बेटे ने भी नहीं खाया, और मैं, माँ होकर कैसे खा लूँ, हम तीनों ने खाना नहीं खाया। अब तुम आ जाओ, हम सब मिलकर खाएंगे।" माधव की माँ के चले जाने के बाद माधव धीरे से घर के अंदर आया.....

माधव: "सॉरी, मुझे माफ़ कर दो।"

सुमित्रा: (तेजी से सामने आकर माधव को पकड़ के गले लगा लिया, उनकी आँखों में आंशू थे, आहिस्ता से पूछा) "तुमने भी खाना नहीं खाया?"

माधव: (धीरेसे बोला) "तुम्हारे बगैर मैं कैसे खा लू?" (यह कहकर सुमित्रा को प्यार करने लगे एवं उसके आंशू को रुमाल से पोंछ दिया)

समय के अनुसार जिंदगी की गति बदलते बदलते शादी के बाद पच्चीस-तीस साल बीत गए, माधव अब एक व्यापारी बन गए हैं। दिन भर मैडिकल स्टोर को चलाने के लिए उन्हें दुकान में ही बैठना पड़ता। उनका एक लड़का और एक लड़की, दोनों की शादी हो चुकी हैं। लड़की सुभद्रा शादी करके मुंबई चली गई अपने पति के साथ, और लड़का राघव अपने पिता के साथ मेडिकल स्टोर में ही काम करता रहा। घर में सुमित्रा और उनकी बहू मीनाक्षी दोनों रहते हैं।

कुछ दिनों से सुमित्रा को पेट में काफी दर्द महसूस होने लगा, दवाइयाँ से भी कम नहीं हो रहा हैं। माधव दुकान का काम-धाम सब कुछ राघव को समझा कर सुमित्रा को साथ ले कर ईलाज के लिए कोलकाता चले गए। दो-तीन दिन बाद सब कुछ चैक अप कराने के पश्चात पता

चला की उसके लीवर कैंसर की बीमारी काफी बढ़ गयी हैं, और इस समय कोई इलाज नहीं किया जा सकता।माधव बहुत हताश हो कर घर लौट आये, और किसी को ज्यादा कहा भी नहीं।केवल इतना सभी को बोला सुमित्रा जब जो कुछ भी मांगेगी उन्हें दे देना या उससे पूरा करना। आँखों के सामने दिन प्रतिदिन सुमित्रा की हालत बिगड़ने लगी। एकदिन माधव धीरे से पूछा, "सुमित्रा, बताओ.....तुम्हे क्या पसंद है, और तुम क्या चाहती हो?"

सुमित्रा: "कई साल बीत गए, मैं पिता के घर गांव में नहीं गई। अब तो पिताजी या माताजी कोई जिन्दा नहीं हैं, पर मुझे गांव देखने की बहुत इच्छा हो रही हैं। क्या तुम एक बार गांव चलोगे? मेरी गांव और स्कूल जंहा मैं बचपन में पढ़ी थी, को दिखाने के लिए। बस, केवल एक दिन के लिए मेरे भाई के पास जो अभी गांव में ही रहता हैं।"

माधव सुमित्रा की हाथ पकड़ कर बहुत ही मुश्किल से खुद को संभाल के.......

माधव: "ठीक है सुमित्रा, हम जरूर चलेंगे।"

माधव कार को गैरेज से निकाल कर गाड़ी की सह-चालक के सीट पर सुमित्रा को बैठा कर खुद चलाने लगे। कई घंटों की सफर हैं, बीच-बीच में जब सुमित्रा को ज्यादा दर्द होने लगा तब गाड़ी को रोक कर उन्हें दवाइयाँ देते रहें। अब गाड़ी मैन रोड से गांव का रास्ता पकड़ लिया, गाड़ी की स्पीड भी कम होने लगी, रास्ता भी ज्यादा चौड़ा नहीं हैं। एक गाड़ी दूसरे गाड़ी को ओवरटेक करना या पास देने में थोड़ा वक्त लग जाता, रास्ता ख़राब होने के कारण माधव गाड़ी को धीरे-धीरे चलाने लगे। अचानक सुमित्रा की तबीयत ज्यादा खराब होने लगी, उल्टी शुरू हुई एवं

खून निकल आया। चुपचाप साइड ग्लास को नीचे खींचकर बाहर मुँह से खून को धीरे से फेंकने लगी ताकि माधव को पता न चले। माधव गाड़ी चलाना रोक दिया.....

माधव: "सुमित्रा, तुम्हारी तबीयत तो बहुत ख़राब लग रही हैं?"

सुमित्रा: (रुमाल से मुँह को पोंछ ली और कही) "जी नहीं, दवाइयाँ खा रही हूं, कुछ दिनों बाद सब ठीक हो जाएगी।"

माधव बहुत चिंतित हो कर गाड़ी स्टार्ट करने लगे, उसी समय एक गाड़ी उलटी दिशा से आने लगी, वह गाड़ी नजदीक आने पर गाड़ी के अंदर किशोर कुमार के गाने "मेरे सपनों की रानी कब आयगी तू, आयी रूप मस्तानी कब आएगी तू, बीती जाए जिंदगानी कब आएगी तू, चली आ, आ तू चली आ...."बजता रहा। साइड मिरर से सुमित्रा की नजरे जब उसी गाड़ी की चालक के सीट पर रुकी तो आश्चर्यचकित हो कर बड़े बड़े आँखों से देखने लगी.....क्या वह देव तो नहीं हैं!!! देव की याद आ रही हैं, दिल की धड़कनें तेज़ होने लगी, पुरे शरीर में जोश आ गए, मन ही मन कहने लगी, "देव, तुम ठीक तो हो न! भगवान तुम्हें सदा खुश रखें।" सिर को बाहर हिला कर अच्छी से देखने लगी, तब तक वही गाना....'आ.... आ तू चली आ' बजती हुई धुंआ निकल कर गाड़ी आगे जा कर ट्रैफिक के अंदर खो गई। कुछ पल के लिए सुमित्रा की सारी बीमारी ख़त्म हो गई थी, पास में बैठकर माधव को सब कुछ दिखाई दे रहा था।

माधव: "सुमित्रा, तुम क्या उसे जानती हो?"

सुमित्रा: (बहुत मायूस हो गई थी, जल्दी खुद को संभाल ली और.....) "लग रहा था की उन्हें गांव में कई बार देखा होगा।"

माधव: "और थोड़ी देर में हम तुम्हारे गांव में पहुंच जाएंगे।"

गांव में जाने से पहले सुमित्रा को उनका पुराना स्कूल दिखाई दिया, खुश हो कर.....

सुमित्रा: "दो मिनिट के लिए गाड़ी रोकोगे?"

माधव ने खुश होकर गाड़ी को स्कूल के सामने लाकर खड़ा किया। सुमित्रा जल्दी गाड़ी से उतर कर स्कूल के अंदर जाने लगी.....

माधव: "तुम जाओ.... मैं यहां गाड़ी के पास में खड़ा हूं, तब तक एक सिगरेट पी लेता हूं।"

सुमित्रा बहुत जल्द सीढ़ी चढ़कर दूसरी मंजिल में जाकर उसी जगह में खड़ी हो गई जंहा से स्कूल में पढ़ने के दौरान देव की राह देखा करती थी, ताकि उनका सर्टिफिकेट उन्हें लौटा दिया जा सकें। आज स्कूल छुट्टी हैं, चारो ओर सुनशान लग रहा हैं, कुछ दूर में फुटबॉल मैदान के ओर नजर जाते ही उस दिन की घटना आँखों के सामने छा गयी और देव का स्वर कानों में गूंजने लगा, "बॉल तो दे दो....खेल रुक रहा है..." मन ही मन मुस्कुराती हुई सुमित्रा ने धीरे से बोली, "आ जाओ..... मैं तो तुम्हारे लिए ही खड़ी हूँ।"

सिगरेट पीने के बाद सुमित्रा का देर हो रही सोच कर माधव धीरे से उनकी पीछे आकर खड़े हुए, तब सुमित्रा की आवाज सुनकर खुश हो कर....

माधव: "मुझे पता था की तुम मेरा ही इंतजार कर रही हो।"

सुमित्रा: (चौंक गई....और कहने लगी...) "हूं...न...मतलब...."

माधव: "कोई बात नहीं, यहाँ से केवल दो-पांच मिनट का ही तो रास्ता हैं तुम्हारे घर जाने का।"

घर पहुँचने के बाद कई पुराने रिश्तेदारों एवं गाँव वालो से मिलने के

बाद सुमित्रा की खुशी इतनी हुई, की उन्होंने भूल गई की वह इस दुनिया में बस केवल दो दिन का ही मेहमान हैं। उन्हें हंसी खुशी देखकर माधव के दिल में थोड़ी खुशी की उमंग दौड़ रही थी। कुछ देर बाद जब वापस आने की तैयारी कर रहे थे, उसी समय अचानक उर्मिला अपने पति के साथ वहां पर पहुँच गयी। सुमित्रा उन दोनों को देखते ही इतना खुश हुई की उनकी आँखों में आँसू आ गए। बहुत दिनों के बाद सुमित्रा से मिलते ही उर्मिला की दिल में खुशी की लहर बहती रही, इतना खुश हुई की बगल में खड़े माधव को भी देख नहीं पायी। थोड़ी देर बाद सुमित्रा ने उर्मिला से माधव का परिचय कराने के बाद, उर्मिला अपने घर में ले जाने की आग्रह करती रही। सुमित्रा उर्मिला की घर में दो पल गुजरने के लिए माधव के साथ उनके घर जाने के लिए राजी हो गयी।कुछ दिन पहले उर्मिला इस गाँव में अपने पति के साथ आयी थी, और इस मौके पर सुमित्रा से मुलाकात होगी कभी सपनों में भी नहीं सोची थी। घर पहुंचने के बाद उर्मिला ने बहुत सारे बन्दोबस्त करते हुए सब को चाय पिलाने लगे।सुमित्रा के पास बैठकर.....

उर्मिला: (बातों बातों में धीरे से पूछी) "उस दिन की वह सर्टिफिकेट तुमने कैसे देव को लौटायी थी?"

सुमित्रा: "उस स्कूल को छोड़ने के बाद आज तक कभी देव से मेरी मुलाकात नहीं हुयी। इसलिए वह सर्टिफिकेट उनको नहीं लौटा पायी, और अभी तक वह सर्टिफिकेट मेरे पास ही पड़ा हैं। मेरी तबीयत बहुत ख़राब रहती हैं।"

उर्मिला: "अभी मैं तुझे बचन देती हूँ, कभी न कभी मैं उन्हें ढूंढ कर निकालूँगी और एक बार उसे तेरे पास ले कर आउंगी। तब तू उसे वह पुराना सर्टिफिकेट लौटा देना।"

सुमित्रा: (हंसने लगी, जैसे कुछ भी नहीं मिलने से भी सब कुछ मिल गए) "अब तो वह भी भूल गया होगा की उसे कव और कहाँ पुरस्कार मिला था। फिर भी, तुझे पता नहीं उन्होंने वह सर्टिफिकेट तो मुझे दिया था, वह भला कैसे वापस लेगा! आज भी मैंने उसे बहुत ही सावधानी से रखा है; उस पर तो मेरी प्यार की पहली चिट्ठी लिखी हुई हैं, उसे कभी मिटाया नहीं जा सकता।"

दिन प्रतिदिन सुमित्रा की हालत ख़राब होने लगी, पहले जैसा चलने-फिरने, उठने-बैठने में उसे बहुत ही कष्ट होने लगा। धीरे-धीरे उसने खाना-पीना सब छोड़ दिया, बातचीत भी बहुत कम करने लगी, डॉक्टर और दवाई कुछ भी काम नहीं कर रहा हैं। उनकी लड़की सुभद्रा मुंबई से चली आयी हैं, माधव भी रात दिन उनके पास रहने लगे। एक दिन उनकी बोलचाल लगभग बंद हो गया, जब बहुत दर्द होता है, तब हाथ को थोड़ी सी हिलाकर पेट में रख कर अस्फुट स्वर से दो-चार शब्द बोलती। एक समय दर्द इतना ज्यादा होने लगा की उन्होंने सहन नहीं कर पायी, बार-बार हाथ हिला कर कुछ इशारा करती रही। सुभद्रा जब नजदीक आकर आहिस्ता से पूछने लगी, तब बोली सभी को चले जाने के लिए। धीरे-धीरे सब घर से निकल गए, केवल सुभद्रा अपनी माँ के पास रह गयी, बहुत ही मुश्किल से इशारो से समझाने लगी की स्टील ट्रंक को खोल कर उसके अंदर से उनकी रखी हुई लिफाफा को देने के लिए। सुभद्रा धीरे-धीरे स्टील ट्रंक को खोल कर उनकी माँ की शादी की जोड़े के अंदर रखे हुए लिफाफा को निकालकर सुमित्रा को सौंप दी। सुमित्रा धीरे से लिफाफा को खोल कर देव का प्रशंसा पत्र को निकाली और आँखे खोल कर देखने लगी। अचानक सब कुछ अँधेरा दिखाई देने लगी, दोनों हाथ कांपने एवं दोनों आँखे धीरे धीरे बुझने लगी, तब तक घर के अंदर

माधव के साथ उर्मिला और उनके पति एवं एक आदमी आ गए। सुमित्रा की हालत देखकर उर्मिला रोने लगी, अपनी रुमाल से अंशु पोंछकर....

उर्मिला: "सुमित्रा...सुमित्रा...देख..... देख, कौन आया हैं! मैं तेरे लिए देव को लायी हूं, देख तेरे सामने खड़ा हैं। सुमित्रा की बुझती हुई आंखें धीरे से खुलने लगे, उनके चेहरे पर एक अपार्थिव खुशी कि झलक दिखाई दी जैसे जिंदगी का सबसे कीमती चीज को प्राप्त कर ली। कुछ बोलने की कोशिश की पर ठीक से बोल नहीं पाई। हाथ में जो चिट्ठी पकड़ रखी थी, बहुत मुश्किल से उठाकर देव को देने की कोशिश की, देव अपना शरीर को झुका कर दोनों हाथो से सुमित्रा की हाथ से चिट्ठी को जब पकड़ने लगा, सुमित्रा की होंठ में थोडीसी मुस्कान दिखाई दी और दोनों आँखों से दो बूंद आँसू निकल आई, गर्दन धीरे धीरे हिल गई यह कहकर "देव..... तुम ठीक तो हो न?आंखें बुझ गई, अलविदा।

देव अपनी प्रशंसा पत्र को देख कर पत्थर बन गए, सोचते रह गए इतने सालों से सुमित्रा ने उसे इतने प्यार से रखा था। उससे पलटते ही पीछे की ओर दिखाई दी खूबसूरत एक चित्र गुलाब फूल, फूल के बीच में सुन्दर हृदय का चित्र बना कर उसमे छोटा छोटा अक्षरों से देवदास लिखा हुआ था, साथ ही दो लाइन की चिट्ठी जो करीब चालीस-वलिश साल पहले लिखी हुई थी.........

प्रियतम देव,

तुम्हारा प्रशंसा पत्र जब मेरी गोद पर गिरा, मैंने सोचा मुझे प्यार मिल गया, और यही सर्टिफिकेट को मैं अपना प्यार समझ कर उसे बहुत ही सावधानी से रख दिया। मुझे पता नहीं, यह मेरा भ्रम था या नहीं, पर तुम सदा मेरी दिल में रहोगे। तुम्हारा प्रशंसा पत्र लौटाने में देर हो गयी, मुझे

माफ़ कर देना।

तुम्हारी आराधिका

सुमित्रा

"सोचकर प्यार नहीं किया जाता।"

संध्या निशीथ

निशीथ उच्च माध्यमिक परीक्षा देने के पश्चात डॉक्टर बनने के लिए राष्ट्रीय स्तर की परीक्षा का पूरा जोर लगाकर तैयारी कर रहा है। मात्र दो हफ्ते पहले उच्च माध्यमिक परीक्षा सम्पन्न हुई थी। उनका ध्यान उच्च स्कोर लाकर एमबीबीएस के लिए कोलकाता मेडिकल कॉलेज में दाखिल होना है। आज वह देर से कोचिंग क्लास समाप्त होने के पश्चात अपने घर देर से वापस आ रहा था। एक वरिष्ठ कोचिंग स्टाफ ने उसे और उसके अन्य साथियों को गपशप में ज्यादातर समय व्यस्त रखा था।

अब निशीथ इस बारे में सोच रहा है कि, वह अपने दादा श्यामसुंदर चौधरी को देर से कोचिंग क्लास से वापस आने के बारे में कैसे समझायेगा, जो एक अनुशासित, समय के पाबंद व्यक्ति हैं, और पूरे क्षेत्र में अपने उच्च व्यक्तित्व के लिए प्रसिद्ध हैं। कुल मिलाकर दादा अपने परिवार के साथ-साथ गाँव में भी इतना दबदबा रखते हैं कि न तो उसके माता-पिता और न ही कोई ग्रामीण उनके सामने खड़े होकर मुँह खोलने की हिम्मत करता है। निशीथ ने अपनी माँ की निराशाजनक स्थिति को कई बार परखा है, जब वह अपने दादा के सामने खड़ी होती है; वह इतनी भयभीत हो जाती कि जैसे सुंदरवन जंगल से आकर रॉयल बंगाल टाइगर उनका गला दबा देगा। अपनी माँ कि तुलना में, वह उनके समक्ष एक छोटे चूहे

के अलावा और कुछ नहीं है। निशीथ सोचता है, आज फौरन मेरी तरफ देखकर दादा जरूर पूछेंगे, "इतनी देर क्यों? कोचिंग क्लास में जाने के बाद तुम कहां थे, कब और क्या किया? तुम किसके साथ थे? इतने देर तक कहाँ थे? तुमने तुम्हारे दोस्तों के साथ मिलकर क्या खाना खाया? कोचिंग क्लास के अलावा दूसरी जगह जाने के लिए मुझसे अनुमति क्यूं नहीं ली.... इत्यादि"... भाड़ में जाए, वो मेरे बारे में क्या सोचते हैं, उन्हें सोचने दो; कोई बात नहीं, मुझे पता है कि मैंने कुछ गलत नहीं किया है। क्या मैं सेंट्रल जेल के अंदर बंद कैदी हूँ! आनेवाली परीक्षा के बारे में सोचकर मेरी नींद चली गई है, जैसे भी हो मुझे पहले प्रयास में उत्तीर्ण होना है, लेकिन उनको इससे कोई लेना देना नहीं हैं। आज मैं यह बताने कि हिम्मत करता हूं कि अगर वह कुछ पूछतें हैं, मैं कहूंगा, 'मैंने आनंद लिया है, अपने दोस्तों के साथ एक रेस्टोरेंट में बैठकर तरह-तरह के खाना खाकर।' वह कुछ भी बोल सकतें है, मुझे कोई लेना देना नहीं है।

यह उस समय कि घटना का वर्णन है जब पश्चिम बंगाल में ऐसे कई गांव थे, जहां पर्याप्त बिजली आपूर्ति और परिवहन के लिए सड़क ठीक से उपलब्ध नहीं थी। निशीथ अपने दादा श्यामसुंदर चौधरी और परिवार के अन्य सदस्यों के साथ जिस गांव में रहता है उसका नाम है गोविंदपुर। गाँव में उनके दादा सबसे प्रतिष्ठित और प्रभावशाली व्यक्ति हैं। इसलिए हर ग्रामीण उनको सम्मान करता हैं और बिना किसी झिझक से उनके फैसलें को स्वागत करते हैं। गांव के दक्षिण पूर्व कोने में एक पुराना बड़ा महल है, जो गोविंदपुर गांव के चौधरी परिवार की पुरानी परंपरा को दर्शाता हैं। निशीथ अपने गांव से दस किलोमीटर दूर बस से शिवरामपुर जो कि एक छोटा शहर है, वहां कोचिंग क्लास में शामिल होने के लिए रोज जाता है। वह प्रतिदिन घर से बस स्टैंड तक जो गांव के उत्तर-पश्चिम दिशा में स्थित

है, साइकिल से सफर करता है। गांव के मध्य भाग में सोनालीदिघी नाम का एक बहुत बड़ा तालाब या सरोबार है। स्नान, खाना बनाने के लिए और बहुउद्देशीय उपयोगों के कारण यह विशाल जल संसाधन ग्रामीणों के लिए एक प्रकृति का विशेष वरदान हैं। अधिकांश ग्रामीण, मूल रूप से पुरुष, दिन के समय तालाब में स्नान करते है। सोनालीदिघी के चारो ओर कुछ मजदूर परिवार और गरीब वर्ग के लोग रहते हैं। वे लोग सिर्फ दो वक्त का खाना खाते हैं। गरीब और श्रमिक वर्ग की अधिकांश महिलाएं शाम को सोनालीदिघी में नहाने के लिए आती है।

आज शाम के समय सूरज की किरणे सोनालीदिघी कि छोटी छोटी तरंगों पर लाल चादर बिछाकर पानी का रंग बदल दिया है। दूर से देखने में लग रहा है सोनालीदिघी के पानी में लाल सिंदूर घोल दिया गया और एक बड़ी लाल बिंदी धीरे धीरे सोनालीदिघी कि पानी की गहराई में डूबती जा रही है। सूरज सोनालीदिघी कि गहराई में डूबते हुए चारों ओर तरंगों को सुनहरी किरणों से चूमकर झूम उठे, फिर थोड़ी देर के बाद अलविदा कह कर बिलुप्त हो गए। अब पूर्णिमा के चाँद शाम को सोनालीदिघी की उछलती लहरों पर अपनी चमक बिखेर कर छोटे-छोटे ज्वारों को गले लगाने के लिए आमंत्रित कर रही है। सोनालीदिघी के आसपास की झोपड़ियों में रहनेवाली सभी औरतें और लड़कियां खुशी से झूम उठती, और सोनालीदिघी में मछलियों जैसे तैरती नजर आती है। संध्या सोलह वर्ष की है, काला रंग, गोलाकार सुन्दर चेहरा, युवा और आकर्षक है, जो अपनी साथियों के साथ उत्साह से तैर रही है। सोनालीदिघी की लहरों की दबाव में अचानक उनकी साड़ी का एक हिस्सा उनकी शरीर की ऊपरी हिस्से को छोड़कर लयबद्ध रूप से तैरने लगता है। पूर्णिमा उसी क्षण की प्रतीक्षा कर रही थी, बिना किसी और देरी के, संध्या के तन और चेहरे पर

चांद की किरणों को बिखरने लगी, उसके मन को एक अज्ञात प्यार कि दुनिया कि ओर ले जाने के लिए उत्साहित करती है।

अचानक निशीथ की निगाह सोनालीदिघी में नहा रही संध्या कि भीगे तन और चेहरे पर टिकी है। अपना युवावस्था की शुरुआत में जीवन का पहला प्यार संध्या के रूप लेकर उसे आमंत्रित कर रहा है, मंत्रमुग्ध निशीथ साइकिल को चलाने में विफल हो गया। संध्या के गीले चेहरे और काया को देखकर मोहित हो गया। अचानक पल भर निशीथ को देखकर संध्या को समझ में नहीं आता कि एक शाही परिवार से ताल्लुक रखने वाले निशीथ उसकी तरफ जो एक गांव के बेहद गरीब घराने और समाज के निम्न श्रेणी में गिने जाने वाले अनुसूचित जनजाति से संबंधित कम पढ़ी-लिखी लड़की है, उसे क्यों देख रहा है! अचानक उसकी साड़ी के कुछ हिस्से पर नज़र जाती है, जो हवा के झोंके से उसके शरीर के ऊपरी हिस्से को छोड़कर सोनालीदिघी कि छोटी छोटी लहरों से लय बनाए रखते हुए धीरे धीरे तैर रहा है। वह सोचती है निशीथ इस कारण से खड़ा होगा! डर और शर्म के साथ जल्दी पानी में डुबकी लगाती; कुछ देर बाद तालाब के किनारे आकर अपना सिर पानी से धीरे से ऊपर उठाती है और देखती है कि निशीथ उसी स्थान पर एक मूर्ति की तरह खड़ा है। संध्या एक अजीब आकर्षण महसूस करते हुए रोमांचित हो जाती है। इसी वक्त निशीथ के प्रति अप्रत्याशित आकर्षण अनुभव करती हैं। उसके गीले बालों से पानी नीचे लुढ़क रहा है, जैसी एक काले रंग कि पत्थर की मूर्ति की तरह जो बारिश में भीगी हुई है। निशीथ होश खो बैठा, वह नहीं जानता कि वह सड़क के किनारे क्यों खड़ा है। शर्म और डर को विसर्जन देते हुए संध्या ने अपनी सिर को ऊपर उठाया, बालों से पानी निकालने के लिए दो-चार बार गर्दन को तेजी से दाएं बाएं

हिलाती है और निशीथ के चेहरे पर शर्म, रोमांस और डर स्पष्ट रूप से दिखाई दी; थोड़ी सी हिचकिचाती हुए हंसती और फिर बाद में पूछती है, "आपको क्या हुआ?" संध्या की काली सूरत, सफेद दांत, बड़े बड़े आंखे और उसकी शरीर पर गीली सफेद साड़ी को देखकर निशीथ सोचते रहें चन्द्रमा भी ख़ुशी से उसके शरीर पर सारी द्युति फैल रहा है। चंद्रमा की रोशनी में संध्या को देखकर निशीथ विस्मित हो जाता है, और मन ही मन सोचने लगते हैं, क्या संध्या ने अपनी प्यार के बगीचे में प्रवेश करने के लिए उसे आमंत्रित तो नहीं कर रही है! दिल में यौवन काल के बसंत ऋतू कि तशरीफ़ लाने से संध्या के प्रेम की अजीब सी लहर उसके दिल को छू जाती है। निशीथ ने रास्ते के बीच में साईकिल लेकर खड़े होने से आसपास के लोगों को और यान चलाचल में काफी असुविधा हो रहे थे। उसके पीछे मोटरसाइकिल पर सवार एक आदमी तेजी से हार्न बजाने लगे ताकि निशीथ उसके साईकिल को रास्ते के पास ले जाये और सभी को आने जाने की जगह छोड़ दे। लेकिन निशीथ को न तो मोटरसाइकिल कि हार्न सुनाई दिया, और न ही रास्ते पर खड़े लोगों पर उसे नजर आये। उसका दिल संध्या के प्यारे मायाजाल में विवश होकर दुनिया के बहार एक सपनों के राजमहल में खो गया हैं। संध्या ने जब चारों ओर देखा कि निशीथ की वजह से भीड़ इकट्ठा हो गए और यान चलाचल में सभी को कठिनाइयों का सामना करना पड़ रहा हैं; तब बहुत ही डर गई और निशीथ कि ओर ऑंखें मिलाते ही लज्जित होकर एक पल में पानी के अंदर कूद गई। अब जब निशीथ को अपनी गलती महसूस हुई, तब तरह-तरह कि बातें उनके कानों में गूंजने लगी।

घर पहुँचकर निशीथ अपने दिमाग से वह दृश्य को नहीं हटा सका, संध्या जब सोनालीदिघी कि पानी में नहा रही थी, और फिर पानी से

बाहर आकर गीले कपड़ों से थोडी सी शर्म और मुस्कुराते हुए चेहरे से पूछती है, "तुम्हें क्या हुआ?" वह कई बार यादों को भूलने की कोशिश करता रहा, पर उसका मासूम चेहरा, प्यारी सी ऑंखें और निर्मल मुस्कान उसके मन को बार बार छू जाती हैं। वह समझ नहीं पाता कि यह कोहराम है या उसके मन में पहला प्यार का फूल खिलने लगा। पूर्णिमा कि चाँद कि रोशनी से अलंकृत संध्या के स्नान की घटना उसके दिमाग में बार-बार झाँकती रहती है, उसे संध्या कि सुंदरता पूरी दुनिया में सबसे अच्छी लगी। धीरे-धीरे संध्या का प्यार उसके दिल में बस जाता है; संध्या को एक पल देखने के लिए निशीथ नियमित रूप से कोचिंग क्लास समाप्त होने के पश्चात सोनालिदिघी के किनारे में दो पल के लिए खड़ा हो जाता हैं।

संध्या इकलौती बेटी होने के कारण अपने माता-पिता के साथ सोनालीदिघी के किनारे एक मिट्टी के मकान में रहती है। उसका पिता निमाई दुले के पास रहने के लिए न ही अच्छे आवास है, और न ही जिंदगी बिताने के लिए कमाई का स्रोत। गरीबी के कारण, एकमात्र लड़की संध्या को अपने स्कूल की पढ़ाई नौवीं कक्षा में ही समाप्त करनी पड़ी। जब वह नौवीं कक्षा में पढ़ रही थी निमाई दुले ने उसे कमाने के लिए मजबूर कर दिया। सुबह जल्दी उठकर नियमित रूप से गाँव के जमींदार बंशीलाल सरकार के घर जाकर उसे घर कि सफाई और बर्तन धोने का काम करनी पड़ती। बंशीलाल सरकार के घर में कामकाज के बाद दिन भर खेत में दिहाड़ी पर काम करना पड़ता था। पूरे शरीर को साफ करने और तलाब के पानी में नहाने का लुफ्त उठाने के लिए संध्या नियमित रूप से शाम को सोनालीदिघी के पानी में कूद जाती और थके हुए दिमाग को ताज़ा करने के लिए आधा घंटा तैरती रहती। वह नहाने के बाद जितना जल्दी हो सके उबले हुए चावल या खिचड़ी के साथ थोडी सी सब्जी लेकर रात

का खाना खा लेती। इसके बाद माता-पिता के साथ असमान फर्श पर ताड़ के पत्ते से बनी एक चटाई बिछाकर सोने के लिए जाती है। यह प्रेम कि विशेषता या स्वभाव है, कि प्रेम कभी धन-सम्पदा या घडी के समय देखकर इंसान के दिलों में नहीं खिलता। इसलिए वह निशीथ की मधुर स्मृति को हृदय में धारण करके सो जाती है। आधी रात को गहरी नींद में एक स्वप्न की दुनिया में प्रवेश करती, उस स्वप्नमय दुनिया में एक दूसरे से मिलने के लिए खुद को राजकुमारी और निशीथ को राजकुमार के रूप में अनुभव करने लगती हैं। अचानक हँसती है; उसकी माँ शैलाबाला ने उसे धक्का देकर कहा, "क्या हुआ संध्या?" उसके पिता निमाई दुले दाहिनी ओर मुड़ते हुए जवाब देते हैं, "कुछ नहीं हुआ, तुम्हारी बेटी को एक मीठा सपना दिखाई दे रहा है। तुम उसे तंग मत करो।" शैलाबाला ने गंभीर होकर कहा, "तुम तो केवल बस लड़की कि ही तरफ़दारी करते रहते हो।"

संध्या दिन भर खेतों में काम करके लौटने के बाद दिल के अजीबोगरीब धड़कनों के साथ पानी में कूद जाती है, और सोनालीदिघी के बगल में सड़क पर निगरानी रखती है कब निशीथ उसका पढ़ाई पूरा करके लौटते समय उस पर निगाहें डाले। बस से नीचे उतरने के बाद निशीथ अपनी साइकिल चलाते हुए सोचता रहता कि 'आज देर तो नहीं हो गई! क्या आज संध्या मेरे लिए सोनालीदिघी के पानी में नहाते हुए इंतज़ार करेगी!' जैसे ही वह तालाब के पास पहुँचता है, उनके दिल में एक अजनबी डर और रोमांस का मिलावट पैदा होकर धड़कनें तेज हो जाती और फिर संध्या का प्यार का अजीब आकर्षण महसूस होने लगता हैं। मन में एक अज्ञात शंका और कुतूहल छाए रहते है, अचानक उत्साहित होकर साइकिल चलाना बंद कर देता है। सोनालीदिघी के पानी नज़रों में

आते ही देखा संध्या कमर तक पानी में डुबाकर खड़ी है, और उत्सुकता से सड़क की ओर देख रही है। थोड़ी देर के लिए संध्या और निशीथ दोनों बिना एक शब्द कहे एक-दूसरे को देखकर आँखों से बातचीत करने लगे। प्यार के सागर में तैरने के लिए दोनों के ही मन में हलचल होने लगी, पर एक-दूसरे से बात करने के लिए मुंह नहीं खोल पाते। कुछ समय के लिए वे एक-दूसरे को देखकर अपना वजूद भूल गए हैं। सोनालीदिघी में स्नान कर रही संध्या के अन्य साथियों संध्या और निशीथ के बीच मौन गतिविधियों को देखकर भ्रमित हो जाती हैं, और थोड़ी देर बाद सब एक साथ हंसने लगी। झिझकते हुए शर्म से निशीथ जल्दी से साइकिल पर सवार होकर घर कि ओर जाने लगा है; निशीथ का मासूम डरे हुए चेहरे को देखकर संध्या आहत हुई, आहिस्ता से एक बार हाथ को हिलाकर उसे खुश करने की कोशिश की फिर हंसती हुई पानी में डुबकी लगाई।

संध्या और निशीथ दोनों सोनालीदिघी की सड़क के किनारे शाम को एक दूसरे से मिलने के लिए दिन भर इंतजार करते रहते हैं; वे रोजाना कम से कम एक बार मिले बिना नहीं रह सकते। एक दिन निशीथ हिम्मत करके पूछा, "तुम कौन सी क्लास में पढ़ती हो? तुम्हारा नाम क्या है?" संध्या समझ नहीं पा रही कि वह निशीथ को क्या जवाब देगी! वह डर और शर्म के कारण कुछ नहीं कह पायी। निशीथ ने फिर से पूछा, "तुम कुछ कहती क्यों नहीं?" संध्या समाज में निशीथ की तुलना में जाति और धन सम्पदा के क्षेत्र में खुद को बहुत कमजोर महसूस करती है क्योंकि वह एक उच्च वर्ग और शाही परिवार से ताल्लुक रखते है, जो गाँव के हर आदमी जानते है, और उसके परिवार के सभी सदस्यों को इज्जत करतें हैं। समाज में, उसके परिवार के सदस्यों को अमीर कहे जाते है, जबकि वे समाज में गरीब और निम्न वर्ग के श्रेणी में आतें है। इसलिए वह जवाब

देने में हिचकिचाते हुए विफल रह जाती।

निशीथ: (विनम्रता से) "मुझे बताओ, तुम किस कक्षा में पढ़ रही हो? तुम्हारा नाम क्या है और तुम कहाँ रहती हो? तुम मुझे बहुत अच्छी लगती हो; इसलिए मैं यहाँ हर दिन लौटते वक्त सिर्फ तुम्हारी एक झलक पाने के लिए साईकिल से उतरकर खड़ा हो जाता हूँ। तुम्हें पता है, मैं दिन में कम से कम एक बार तुमसे मिले बिना नहीं रह सकता।"

संध्या: (चकित होकर शर्म से अपना मुँह हथेलियों से ढक लेती और फिर थोड़ी देर बाद आँखों के ऊपर से धीरे धीरे अंगुलिओं को हटाकर उसके सामने खड़ी होकर फुसफुसाती) "क्या कहते हो साहब! हमे तो दो वक्त की रोटी के लिए दूसरे के घरों में झूठे बर्तन को धोना और घरों का सफाई करना पड़ता है। इसके अलावा और कुछ पैसों कमाने के लिए खेतों में भी काम करना पड़ता हैं। अब मैं स्कूल नहीं जाती हूँ, मैंने गरीबी के कारण नौवीं कक्षा तक पढ़ने के बाद स्कूल छोड़ दिया। (बाएं हाथ के तर्जनी को हिलाकर सौ मीटर की दूरी पर सोनालीदिघी के किनारे एक घास-फुस के पर को दिखाकर डर से कहती है) हम उस घास-फूस के घर में रहने वाले हैं, मेरा नाम संध्या मतलब संध्या दुले है। मैं हर दिन शाम को इस तालाब में स्नान करती और तैरती हूं। बेशक, मैं भी तुम्हें एक बार देखे बिना तुम्हारा जैसा नहीं रह सकती।"

(मुस्कुराती हुई धीरे से सिर को शर्म से नीचे कर लेती है)

निशीथ: (उसके चेहरे को उत्सुकता से देखते हुए एक घूंट लेकर कहता है) "क्या तुम नियमित रूप से शाम को इस 'सोनालीदिघी' में स्नान करने के लिए आओगी? मैं इस समय हर दिन अपना कोचिंग क्लास का पढ़ाई समाप्त होने के पश्चात तुम्हे इस तालाब में तैरती हुई

देखकर घर लौटूंगा।"

संध्या: "अगर तुम मुझे इस तलाब में नहाते और तैरते हुए देखकर प्रसन्न हो जाते, तो मैं प्रतिदिन शाम को इसी तलाब में तुम्हारे लिए प्रतीक्षा करूँगी।"

उस दिन से संध्या बिना किसी अंतराल के रोजाना शाम को सोनालीदिघी में नहाती और तैरती रहती है, यहां तक कि सर्दी और बरसात के मौसम में भी ठंडे पानी में नहाना बंद नहीं करती। आज का मौसम बहुत ही ठंडा है, एक तो सर्दी का मौसम, फिर पूरे दिन बारिश हो रही है। भारी बारिश के कारण, अधिकांश ग्रामीण अपने घरों में रहना बेहतर समझते हुए बाहर नहीं निकले, और सभी बच्चों को उसके माता पिता ने बाहर जाने से रोक दिया। दिन भर बारिश के कारण खेतों में कोई काम नहीं होने से संध्या दिन भर अपने माता-पिता के साथ झोंपड़ी में ही कैद रह जाती। दोपहर में कम बारिश को देखते हुए पिता निमाई दुले खेती में फसल उत्पादन के लिए कुछ ऋण लेने हेतु गांव के एक जमींदार के घर पहुंचने के लिए एक पुराना छाता लेकर घर से बाहर निकल गए। उसकी मां ने उसे झोपड़ी में अकेला छोड़ दिया यह कहकर कि वह बाहर न निकले, फिर शैलाबाला एक घर में चली गई जहां उसे नौकरानी के रूप में काम करना है। मिट्टी से बने खाना बनाने का चूल्हा के पास बैठी संध्या भारी बारिश और ठंड के कारण सिर्फ आज के लिए पानी में डुबकी नहीं लगाने का फैसला करती है। उसने छोटी सी खिड़की से बाहर कि ओर देखा सोनालीदिघी या आस पास के इलाके में कोई मनुष्य नजर नहीं आया। अब न तो कोई नहाने आयी और न ही बाहर निकली है। अचानक उसे उस दिन की वादा याद आ गया जब निशीथ को केहा था कि नियमित रूप से सोनालीदिघी में शाम को नहाने आएंगी। झोपड़ी में

किसी के पास कोई कलाई घड़ी या दीवार घड़ी नहीं है; संध्या सोचने लगी समय चला जा रहा है, उसे तुरंत सोनालिदिघी में नहाने और तैरने के लिए जाना है, अन्यथा निशीथ आकर उसका इन्तजार करता रहेगा।

बहुत ठंड और बारिश के बावजूद वह धीरे-धीरे पानी में उतरती है, सोनालीदिघी के उस स्थान पर डुबकी लगाकर खड़ी रही जहाँ से वह रोज निशीथ से आंखे मिलती थी। निशीथ के आगमन के लिए पानी के अंदर खड़ी होकर बार बार सड़क पर नजर डालती रहती है। भारी बारिश के कारण निशीथ घर से बाहर नहीं निकला और कोचिंग क्लास से अनुपस्थित हो गया। बरसात और सर्दी के मौसम होने से शाम को वह अपने माता-पिता और परिवार के सभी सदस्यों के साथ गरमागरम पकौड़े खाते हुए डाइनिंग हॉल में बैठकर गपशप करके आनंद ले रहा था। संध्या बारिश में भीगती हुई आधे शरीर सोनालिदिघी कि पानी में डुबाकर आसमान कि ओर देखती रह गयी कि कब बादल हटकर तारे दिखाई देगी। अचानक बड़ी दीवार घड़ी की घंटी की आवाज सुनकर निशीथ चौंक जाता है, और देखा कि शाम 7 बजे है; दिल कि धड़कने तेज हो गई और विस्मित होकर सोचने लगा संध्या का वचन को याद करके। उसे लगता है, जैसे किसी ने उसके दिल में बैठकर हथौड़ा पीट दिया, अपने दांतों से काटे हुए आधे पकौड़े को चबाना बंद करते हुए उसे न निगल पा रहा, न मुँह से बाहर निकालकर फेंक पा रहा था। वह कुछ महीने पहले संध्या को दिए गए अपनी प्रतिबद्धता को याद करके परेशान हो गया; चुपचाप अपनी जेब में दो गर्म पकौड़े छिपा लेता है। तुरंत एक योजना बनाकर माता-पिता को बताता है कि उसे किसी दोस्त के पास जो गांव के अंत में रहता है, तुरंत जाना है ताकि अगली परीक्षा के लिए अच्छी तैयारी किया जा सकें। एक टॉर्च और एक छाता लेकर

'सोनालीदिघी' के किनारे तक पहुंचने के लिए जितनी जल्दी हो सके चलने लगे। 'सोनालीदिघी' के पूरे इलाके में अंधेरा छा गया है, लगातार हो रही बारिश और ठंड ने गोविंदपुर के सभी ग्रामीणों को चार दीवारों के अंदर रहने के लिए मजबूर कर दिया है; इसलिए गांव में घर के बाहर किसी आदमी को नजर नहीं आता। सोनालीदिघी के पास जो सड़क है, वहां पहुँचने पर निशीथ को पूरे इलाके में कोई नजर नहीं आता। उस विशेष स्थान पर खड़े हो जाते, जहाँ से वह नियमित रूप से संध्या से मिलता रहता था। अँधेरे में कुछ दिखाई नहीं देता है; अचानक पानी में एक आवाज सुनाई देता है; जल्दी से आवाज के स्थान को अनुमान लगाकर टॉर्च को जलाते हैं, कोई छाया जैसा पानी में हिलने लगी और धीरे धीरे सोनालीदिघी के किनारे की ओर आने लगी है। तुरंत टॉर्च की रोशनी छायादार शरीर पर केंद्रित होती और वह संध्या को पहचान लेती जो पानी में खड़ी होकर काँप रही थी। निशीथ धीरे-धीरे उसके पास आता है, गीली साड़ी में कांपती हुई संध्या का शरीर बर्फ की तरह ठंडा हो गया, वह कुछ नहीं कह पा रहीं है। छतरी को जमीन पर फेंकते हुए संध्या के शरीर को दाहिना हाथ से खींचकर पकड़ लेता है, और फिर उसे कसकर गले लगा लेता है। संध्या काँपती हुई आवाज़ में "साहब, क्या आप यहाँ मेरे लिए आए हैं? मैं बहुत देर से आपके लिए पानी में खड़ी होकर इंतज़ार कर रही थी।" भावुक होते हुए निशीथ ने जल्दी से अपना शर्ट उतारकर संध्या के गीले बालों को दो हाथों से पोंछना शुरू कर दिया; उसके शरीर का स्पर्श पाकर संध्या रोमांचित और भावुक हो जाती है। वह अपनी शरीर को कस कर पकड़कर एक अनिर्वचनीय अनुभूति एवं खुशी महसूस करती है। निशीथ के साथ उसके शरीर के लगातार स्पर्श के परिणाम स्वरूप उसकी कंपकंपी धीरे-धीरे गर्मी में बदल जाती है; निशीथ

जल्दी से अपनी जेब के अंदर से पकौड़े को प्यार से उसके मुंह के सामने रखता है। संध्या खाने लगती और फुसफुसाती है, "क्या आप सचमुच मुझे इतना प्यार करते हो?"

निशीथ: "मुझे तुम्हारे सिवा कुछ नहीं चाहिए, तुम मेरी जिंदगी में सब कुछ हो।"

धीरे-धीरे निशीथ और संध्या के बीच गहरे संबंध और उनके गुप्त प्रेम कि कहानी गांव में रहनेवाले सभी को पता चल गया। एक दिन यह बात ग्रामीणों द्वारा श्यामसुंदर के कानों तक पहुँच गए। बात सुनकर श्यामसुंदर गुस्से से आग बबूला हो गए, तुरंत अपने बेटे शिवसुंदर और बहू उमा देवी को अपने कमरे में बुला लिया.....

श्यामसुंदर: "मेरा छोटा पोता निशीथ नरक पे जा रहा है, और तुम दोनों माता-पिता कुछ भी देख नहीं रहे हो। माता-पिता होने के नाते तुम दोनों को सदा अपने बेटे का ख्याल रखना चाहिए, पर तुम दोनों ऐसे माता पिता हो कि तुम्हारा बेटा कब कहाँ जा रहा है इस बारे में तुम दोनों को कुछ भी पता नहीं हैं, वह तुम्हारी अनुपस्थिति में कितना महत काम कर रहा है कभी सोचा! मुझे लगता है कि तुम दोनों निशीथ के आदर्श माता-पिता कहने के लायक नहीं हो। सभी ग्रामीण एकसाथ हो कर आज मुझे जो बात बतायी निशीथ के बारे में सुनकर मेरे होश उड़ गये, वे हमारे शाही परिवार में एक कुलकलंक है। भले ही तुम दोनों निशीथ के माता-पिता हो, लेकिन इतना खामोश हो कि तुम्हे पता नहीं तुम्हारा लड़का कौन सी नदी में तैर रहा है और तुम्हारे हाथ से निकल रहा है। अब एक शब्द मत बोलना और सबकुछ मुझ पर छोड़ दो, मैंने उसके भलाई के लिए एक अच्छे खानदान की लड़की बहुत जल्द ढूंढ कर लाऊंगा, अन्यथा वह हाथ से निकल जायेगा।"

संयुक्त प्रवेश परीक्षा का नतीजा कुछ ही दिनों में आ जाएगा, लेकिन निशीथ को ज़रा सा भी भनक नहीं लगी कि उसके पिता और दादा ने उसकी शादी के लिए किस तरह जाल बिछाया है। पास गांव के महान व्यवसायी सुकमल बनर्जी के खानदान, उनके परिवार की स्थिति, धन, संस्कृति और शिक्षा को देखते हुए उनकी इकलौती बेटी आधुनिका के साथ उसकी शादी पक्की कर दी हैं। इसके अलावा उसके दादा ने संध्या के माता-पिता को धमकी दी है कि उनकी बेटी भविष्य में निशीथ से कभी नहीं मिलेगी, और उनके तरफ कभी ऑंखें उठाकर न देखे अन्यथा वे उनके द्वारा शासित ग्राम प्रशासन के माध्यम से सभी प्रकार के बुनियादी सुविधाओं से उनके परिवार को वंचित करेंगे या गांव से निकाल दिया जाएगा।

पिता निमाई दुले ने अपनी बेटी संध्या को कड़ी चेतावनी देते हुए निर्देश दिया, कि वह आज के बाद निशीथ से कभी नहीं मिलेगी। यह भी सलाह देता है, "उन लोग बहुत अमीर आदमी हैं; निशीथ पहले तुम्हारी जवानी का खून पियेगा और फिर शारीरिक शोषण करने के पश्चात तुम्हे कोई गंदी नाली में फेंक देगा, जिसके बाद तुम समाज में न तो मुँह दिखाने के लायक रहोगी, और न ही एक आम आदमी कि तरह जिंदगी जी पाओगी। इसके अतिरिक्त वह और उनके परिवार तुम पर यह आरोप लगा देगा कि तुम एक वेश्या के अलावा और कुछ नहीं हो। तब तुम्हारे पास आत्महत्या करने या वेश्यालय में वेश्या बनकर जीने के सिवा और दूसरा कोई रास्ता विकल्प नहीं रहेगा। वे लोग अमीर हैं, उनके पास सब कुछ है; उन्हें कुछ नहीं होगा, पर हम गरीब मजदूर है; हमारे पास इज्जत के बिना कुछ भी नहीं है। और हम इज्जत खोकर जीना नहीं चाहते। उसे अभी भूल जाओ, अन्यथा वे तुम्हारी जिंदगी को नरक बनाकर छोड़ेगा,

यह मैं तुम्हारा पिता होने के नाते तुम्हे कठोर निर्देश देता हूँ। जाओ अभी से तुम घर के कामों में मन लगाओ, मैं भी तुम्हारे लिए कोई भी एक लड़का जल्दी ढूंढ़कर लाऊंगा।"

अपनी परीक्षा का परिणाम निकलने से एक दिन पहले निशीथ को पता चला उसके दादा और परिवार के सभी सदस्य मिलकर उसका आधुनिका नाम की पास के गांव में रहनेवाली एक लड़की जो अच्छे खानदान से तालुक रखती हैं, के साथ उसका विवाह करवाने के लिए बात पक्की कर चुके है। आधुनिका के साथ उसकी शादी की खबरें उसे चौंका देती हैं।

अब संध्या थोड़ी परिपक्व हो गई है; निशीथ संध्या के साथ अपने निवास से दूर अपने पुश्तैनी बगीचे में जाता है, जहाँ एक पुराना घर के साथ ही आम, अमरूद, नारियल और कई अन्य पेड़ों से पूरी जगह घिरे हुए है। वे दोनों एक आम के पेड़ के नीचे बैठ जाते और निशीथ संध्या को धीरे धीरे सब कुछ विस्तार से बताता है। जो पढ़े-लिखे नहीं हैं, उन्हें समाज में अक्सर मूर्ख कहा जाता है। हालांकि वे वास्तव में इतने मूर्ख नहीं होते, लेकिन उनके सरलता और बेगुनाही को देखकर समाज में ज्यादातर लोग उन्हें मूर्ख कहते है। दुर्भाग्य से कभी-कभी हम संध्या जैसी लड़की को उनकी सादगी के कारण गलती से मूर्ख श्रेणी में गिन लेते हैं। भले ही उनकी कोई शैक्षणिक योग्यता न हो परन्तु उनकी कर्तव्य कि भावना मानवता के सर्वोच्च शिखर को छू जाती हैं। मानवता के क्षेत्र में उनकी तुलना में कोई बड़े कॉलेजों और विश्वविद्यालयों में डिग्री के नाम पर कई पन्ने पचा लिए व्यक्ति नहीं कर सकतें।

संध्या: "साहब, आप तो बहुत बड़े आदमी है। हम आपके बराबर नहीं है, और कभी भी आपके साथ खड़े नहीं हो सकते; लेकिन, मुझे

आपको हमेशा खुश देखना है। यदि आप आधुनिका से विवाह करके खुश होंगे तो मुझे भी बहुत ख़ुशी होगी। अब मैं एक बात आपसे कहना चाहती हूँ, कि मैं आपसे दूर ज्यादा दिन नहीं रह पाऊँगी। मुझे आपसे एक विनम्र अनुरोध है, मुझे आप और आपके परिवार के लिए सेवा करने का एक मौका जरूर देना। कृपया, आप मुझसे वादा करो कि आप मेरे जीवन के एक अनुरोध को स्वीकार करोगे, मैं भविष्य में और कुछ भी नहीं मांगूंगी। अब बताओ क्या आप मेरी बात से सहमत हो?"

निशीथ: "ठीक है, मैं वादा करता हूँ कि मैं तुम्हारी माँग को पूरा करूँगा।"

संध्या: "आधुनिका से शादी के बाद, आपको घर की सफाई, कपड़े और बर्तन धोने आदि काम के लिए एक नौकरानी की आवश्यकता होगी। मैं ख़ुशी ख़ुशी से नौकरानी कि काम करूँगी, चिंता मत करो, मुझे पता है कैसे सब कुछ सफाई करना हैं। तुम देखना मैं बहुत अच्छे से आंगन में झाड़ू लगा दूंगी, तुम्हारे परिवार के सारे कपड़े धो दूंगी, खाना खाने के बाद जो भी बर्तन होगा, धोने के बाद सजा कर रखूंगी। कृपया मुझसे वादा करों कि आप लोगों के काम करने के लिए मुझे यह मौका देंगे। मैं यह सोचकर संतुष्ट हो जाऊँगी कि मुझे आप और आपके परिवार के सभी को सेवा प्रदान करने का मौका मिला है। मैं आप और आपकी पत्नी आधुनिका मैडम कि ख़ुशी के लिए सदा प्रयास करती रहूंगी।"

संध्या कि बात सुनकर दुःख महसूस करते हुए धीरे से कहता हैं.....

निशीथ: "ठीक है, मैं वादा करता हूँ।"

निशीथ संयुक्त प्रवेश परीक्षा में उच्च अंक के साथ उत्तीर्ण हुआ और एमबीबीएस में प्रवेश पाना तय हो गया। बड़े उत्साह और खुशी के

साथ जब वह शहर से नतीजा लेकर मोटरसाइकिल से घर लौट रहे थे, अचानक एक ट्रक उसका मोटरसाइकिल को पीछे से धक्का देता है। वह अपनी मोटरसाइकिल के साथ सड़क पर गिर जाता, जिसे उसका दाहिना पैर के टखना में गंभीर चोट पहुंचा। राहगीर ने उसे तुरंत इलाज के लिए नजदीकी अस्पताल में भर्ती कराया। उसका जान बच गया, लेकिन चोट इतनी गंभीर थी कि हड्डी कई टुकड़ों में टूट गयी थी, जो एक्स-रे रिपोर्ट में स्पष्ट रूप से दिखाई दे रहे। इलाज करने वाला डॉक्टर निशीथ के पैर के निचले हिस्से को जल्द से जल्द काटने कि सलाह देता है, उसके पास एक कृत्रिम पैर लगवाने के अलावा कोई अन्य विकल्प नहीं है।

सुकमल सरकार को निशीथ का दुर्घटना के वारे में जानकारी दी जाती है। वह उसे अस्पताल में देखने आता है, और सर्जन से निशीथ के चोट के बारे में चर्चा करतें हैं। जब उन्हें पता चला कि निशीथ का चोट चिरस्थायी है, तब वह श्यामसुंदर को अपनी बेटी आधुनिका की शादी नहीं करवाने का संदेश भेज देता हैं; यह कहकर पत्र लिखा है, कि वह कभी भी एक अपंग को अपने दामाद के रूप में स्वीकार नहीं करेंगे। अस्पताल में बिस्तर पर लेटे हुए दाहिने पैर पर प्लास्टर चढ़ाकर निशीथ अकेले महसूस करने लगा कि वह एक विकलांग व्यक्ति कि तरह पूरी जिंदगी कैसे बिताएगा! वह आम आदमी की तरह नहीं चल पाएगा। अस्पताल में हर दिन परिवार के कई सदस्य, दोस्त और रिश्तेदार निशीथ से मिलने आते हैं, और सभी ने उसे इलाज के पश्चात नयी उमंग से अच्छे पढ़ाई करके एक प्रतिष्ठित डाक्टर बनने का सलाह देते है। निशीथ बिस्तर पर लेटकर सोचता है कि जीवन का तरीका कब और कैसे बदल जाएगा, कोई पहले से अंदाजा नहीं लगा सकता। अस्पताल में मरीज़ से मिलनेवाले अभ्यागतों के आने जाने का समय समाप्त हो गया है।

एक नर्स अँधेरा होने के कारण सभी मरीजों के विश्राम के लिए सभी खिड़कियां खुले या बंद है देखने के लिए निशीथ के वार्ड में प्रवेश करती है। अचानक वह एक मरीज़ को देखते हुए कहने लगी, "दिन भर इतने सारे लोग मरीज को देखने आए हैं, लेकिन वह अलग किस्म की लड़की है, बिल्कुल अलग है। मेरी इतनी चेतावनियों के बावजूद वह अभी भी वार्ड के बाहर उदास होकर खड़ी है, और अंदर आने का इंतजार कर रही है। जबकि उसे पता ही नहीं कब कि मरीजों से मिलने की समय सीमा पूरा हो चुका। मैंने उसके अनुरोध को बार-बार यह कहकर खारिज कर दिया कि सभी मरीजों अब विश्राम कर रहें हैं; इस समय किसी को मिलने के लिए अनुमति नहीं दी जा सकती। शायद वह लड़की पढ़ी-लिखी नहीं है, और इस अस्पताल के नियमों के बारे में कुछ नहीं जानती।'

नर्स जो बातें अपने मन में बोली जा रही थी निशीथ उस पर ध्यान देते ही चौंक गए, उनके कानों में दो चार शब्द बार बार गूंजता रहा जैसे 'लड़की पढ़ी-लिखी नहीं है', अस्पताल के नियमों के वारे में कुछ नहीं जानती, इत्यादि। सुनकर उसके पैरों तले जमीन खिसकने लगी, दिल में बार-बार हथौड़ा से वार होने लगा। अपना सारा दर्द और दुख भूलकर बिस्तर पर बैठने कि कोशिश करता, और उत्सुकता से नर्स से केवल कुछ मिनटों के लिए उसी लड़की को तुरंत अंदर आने कि अनुमति देने की अनुरोध करता है। उनके चेहरे देखकर नर्स हैरान हो जाती और कहती है, "ठीक है, आप कृपया प्रतीक्षा करें।" नर्स वार्ड से बाहर निकल जाती और थोड़ी देर में उसी लड़की को साथ लेकर वार्ड के अंदर प्रवेश करती है। शर्मिंदा होकँर संध्या एक पुरानी लेकिन साफ साड़ी पहनकर जहाँ निशीथ बिस्तर पर लेटे हुए है, वहां धीरे से आने लगी, उसके बाल लाल फीते से कसकर बंधे हुए, दोनों आंखों पर गहरा काजल लगा हुआ, चेहरे क्रीम

से पॉलिश किये हुए ताकि उसके काले रंग थोड़ा सा गोरा दिखने लगे। निशीथ को बिस्तर पर उलझे हुए देखते ही वह अपनी कोमल उंगलियों से धीरे-धीरे उसके प्लास्टर पर लुढ़कती है, और विनम्रता से कहती, "साहब, क्या आपको गंभीर चोट लगी थी?"

निशीथ: (उसके मासूम चेहरे को देखकर हैरानी से जवाब देता है) "हाँ, मुझे एक गंभीर चोट लगी है, जिससे मेरे पैर का एक हिस्सा डॉक्टर द्वारा काट दिया जाएगा और एक कृत्रिम पैर जल्द ही बदल दिया जाएगा।"

संध्या: "ओह..... भगवान!!!.....नहीं....नहीं.... आपको कभी भी अपना इतना सुंदर पैर को नहीं काटना चाहिए। क्या लकड़ी से बना कृत्रिम पैर इतना उपयोगी हो सकता है! यह वास्तविक पैर कि तरह इतना कार्यात्मक कभी नहीं होगा।"

निशीथ: "बताओ, अब मैं क्या करूँ? डॉक्टर की सलाह के अनुसार मेरे पैर को काटने के अलावा और कोई रास्ता नहीं है।"

संध्या: (चिंतित होकर........कुछ देर सोचने लगे..... फिर) "क्यों न मेरे पैर को काट कर आपके लिए बदल दिया जाए। कृपया, आप डॉक्टर से कहें कि मेरे पैर को तुरंत काट दिया जाए। बेशक, मेरा पैर आपकी तरह गोरा नहीं है, फिर खेत में दिनभर काम करने की वजह से थोडी सी मिट्टी की महक रहेगी, पर तुम्हे इस पर ज्यादा तकलीफ नहीं होगी। मेरी बात सुनो, तुम्हे समय बर्बाद नहीं करना चाहिए; डॉक्टर से कहो कि वह मेरे पैर को जल्द ही काट दें।"

निशीथ: (आंसुओं से भरी आंखें, पानी की घूंट पीना जैसे कुछ शब्दों को निगलकर) "अभी से तुम मुझे कभी साहब कहकर नहीं बुलाना, मुझे केवल नाम से ही बुलाना। पर मैं यह जानना चाहता हूँ कि क्या तुम अपनी

पैर को विच्छेद करने के बाद पीड़ित नहीं होगी?"

संध्या: "वाह... मैं क्यों पीड़ित होगी! मैं तो सदा खुश रहूंगी, आपकी सेवा के लिए जब मेरे पैर को आपके शरीर में चिपका हुआ देखूंगी तब मैं यही सोचूंगी कि मैं आपके लिए कुछ कर पायी, पर आप क्यों रो रहे हो!"

श्यामसुंदर कुछ ही दूरी पर खड़े होकर सबकुछ देख रहे थे, वह संध्या के पास धीरे से आकर उसके सर पर हाथ रखते हुए......

श्यामसुंदर: "मुझे नहीं पता कि निशीथ तुम्हे कितना समझ पायी, लेकिन मैं इतना समझ गया हूं, कि प्यार का अर्थ प्रेमी या प्रेमिका के भलाई के लिए अपना सब कुछ त्याग देना, नहीं तो प्यार कुछ नहीं, बस एक शब्द मात्र है। निशीथ ने एमबीबीएस के लिए संयुक्त प्रवेश परीक्षा पास की है, लेकिन तुमने प्यार की संयुक्त प्रवेश परीक्षा में उत्तीर्ण हो गई हो। क्या तुम जानती हो कि आज कल अधिकांश परिवार दुखी क्यों हैं? दुःख का कारण हमारा अहंकार है। जब पति-पत्नी अहंकार छोड़कर एक-दूसरे से कहेंगे, 'मैं अपने लिए नहीं बल्कि तुमसे प्यार करने के लिए जीऊंगा' तब दांपत्य जीवन शांतिपूर्ण होगा। एक दिन तुम हमारे पोते निशीथ की दुल्हन जरूर बनोगी। जैसे तुम प्यार की खातिर खुद को बलिदान करने के लिए तैयार हो, तो तुम्हारे लिए कुछ पन्नों को याद करना इतना मुश्किल नहीं होगा। अब तुम्हें मुझसे एक वादा करना होगा, तुम मेरे और निशीथ के खातिर कुछ करोगी। मेरा विश्वास है कि तुम अपना काम ठीक से कर सकोगी, क्योंकि तुम्हारी उम्र अभी पढाई के लिए खत्म नहीं हुई है।"

संध्या: (लज्जित होकर गर्दन नीचे करके पूछती है) "कृपया मुझे बताएं कि मैं क्या करूँ?"

श्यामसुंदर: "तुम्हे 'पीएचडी' की डिग्री के लिए पढाई करनी होगी।"

संध्या: "पीएचडी क्या है.......!"

श्यामसुंदर: "निशीथ तुम्हे समझाएंगे कि तुम पीएचडी कैसे और कब क्वालिफाई करोगी।"

निशीथ का पढ़ाई के साथ-साथ संध्या ने भी पढाई शुरू कर दी। धीरे-धीरे वह कॉलेज से ग्रेजुएशन, यूनिवर्सिटी से पोस्ट ग्रेजुएशन और पीएचडी पूरी कर ली। वह श्यामसुंदर के सामने खुशी-खुशी "पीएचडी" का सर्टिफिकेट को लेकर खड़ी हो जाती है, और उत्साह से कहती है....

संध्या: "ज्ञान, जाति-धर्म और दौलत से बड़ा है, जबकि प्यार सब से ऊपर है। हम दुनिया में सभी देशवासियों के दिलों को प्यार के बंधन से जोड़ सकतें हैं, और दुनिया में शांति का पैगाम फैला सकते हैं, न ही आपके ज्ञान-जाति-धर्म या दौलत से।"

श्यामसुंदर: "संध्या, मैं तुम से यह बात सुनकर बहुत खुश हुआ, तुम सब की प्रेरणा बनों। तुम्हारी पढाई इसलिए जरुरी थी, की तुम आगे चलकर समाज में सभी को मोहब्बत के साथ जीने के लिए आईना दिखाओगी।"

"ज्ञान से ऊपर प्रेम।"

सच्चा प्यार

यह एक वास्तविक प्रेम कहानी है, जिसे पत्र के माध्यम से बंगला भाषा में लिखकर लेखक ने अपनी स्वर्गीय पत्नी श्रीमती शम्पा भट्टाचार्य को कई साल पहले भेजी थी। जिस समय न तो मोबाईल का इस्तेमाल होता था, और लैंड लाइन का इस्तेमाल भी बहुत कम होता था, क्योंकि पहले ट्रंक कॉल के लिए बुक करना पड़ता था। उस समय चिट्ठी का महत्व बहुत ज्यादा था।

मेरी प्रियतमा,

आशा है कि सर्वशक्तिमान ईश्वर तुम्हे हमेशा देख रहे हैं, और आशीर्वाद दे रहे हैं ताकि तुम सदैव खुश रहो। मेरा तुमसे हार्दिक अनुरोध है कि तुम एक मजबूत सेतू की तरह मुझे हमेशा पूर्ण नैतिक समर्थन देते हुए लंबे समय तक जीवित रहोगी, जैसे "रवींद्र सेतू" ने कोलकाता शहर को हावड़ा जिले के साथ सैकड़ों वर्षों से जोड़कर एक मिलनभूमि बना रखा है।

कई बार मैंने एस टी डी टेलीफोन के माध्यम से इस तथ्य का खुलासा करने की कोशिश कि, जो मेरे दिल में छिपा हुआ है; पर हिम्मत नहीं हुयी। यह सोचकर पीछे हट गया कि तुम मुझ पर विश्वास रखनेवाली सरल हृदय की मेरी पत्नी हो, मेरी ईमानदारी और सत्यनिष्ठा को जितना भलीभांति जानती हो इस घटना को सुनकर हम दोनों के बीच में कोई

दरार न पैदा हो जाए। अंत में मैंने आज यह दृढ़ संकल्प लिया, जो भी होगा देखा जाएगा, पर मैं हकीकत तुम्हे बता दूंगा। इस सोच के साथ कलम को पकड़ते हुए मैं इस चिट्ठी में वास्तविक तथ्यों को उजागर करने जा रहा हूँ, जो कल तुम्हे स्पीड पोस्ट के द्वारा भेज दिया जाएगा।

अब मैं वह सब कुछ लिखने की हिम्मत करता हूं जो मेरे साथ लंबे समय से चला आ रहा है। सबसे पहले मैं तुमसे अनुरोध करता हूँ कि तुम इस पत्र को अंतिम पंक्ति तक पढ़ने से पहले न फांडों। मुझे पता है कि तुम मुझे प्यार करने वाली मेरी अर्द्धांगिनी, एक दयालु इंसान हो। अगर मैं कुछ भी गलत करता हूं, तब भी तुम मुझे माफ कर दोगी। मैं अपने गुप्त प्रेम के बारे में लिख रहा हूं, जो आज तक तुम्हे पता नहीं था। हालाँकि तुम मेरी 'मोनालिसा' और कानूनी तौर पर एक पतिव्रता स्त्री हो, लेकिन अचानक मुझे लिसा नाम कि एक कम उम्र कि विधवा से प्यार हो गया, जो मेरे छोटे से घर के बगल में रहती है। मेरी सर्विस कंडीशन के कारण मैं हमेशा तुम से दूर रहता हूं, लेकिन कभी भी अकेला महसूस नहीं करता क्योंकि लिसा और उनकी एक छोटी बेटी निशा, दोनों मिलकर हमेशा मेरा ख्याल रखती हैं। दिल में सोचता हूँ, मोनालिसा नहीं तो क्या! लिसा और निशा तो मेरे पास सदा सर्वदा हैं। मैं अपने आप को गुप्त प्रेम का दोषी मानते हुए भी पत्रो के माध्यम से इन सभी घटनाओं को तुम्हे भेज रहा हूँ, जो पहले एस टी डी के माध्यम से नहीं बता पाया।

रोज सुबह जल्दी उठकर, मैं हमेशा लिसा के सुन्दर और मासूम चेहरे, प्यारी सी आँखें, मुलायम और चिकने से शरीर को देखता रहता हूँ, जो मुझे बहुत आकर्षित करता है। वह भी उस समय मेरे चेहरे की ओर देखती रहती, कुछ कहने की बहुत कोशिश करती लेकिन कह नहीं पाती, बस एक छोटी सी आवाज "वाह" के अलावा ज्यादा कुछ नहीं बोलती। फिर भी उस से इतना रेस्पॉन्स ही मेरे लिए काफी हैं। उसकी खूबसूरत

आँखों में मेरे लिए प्यार का जुनून और हृदय में सम्मान अनुभव करते हुए अपने आप को खुश नसीब मानता हूँ। दिन भर मैं उसके प्यारे से चेहरे को हमेशा याद करता हूं, और अपने काम में अतिरिक्त ऊर्जा महसूस करता हूं। चिंता मत करो, तुम मेरी प्रियतमा थी और हमेशा के लिए प्रियतमा रहोगी, परन्तु लिसा और निशा कुछ समय के लिए मेरी अच्छी कंपनी हैं, यानी इस पहाड़ी इलाके में जब तक मैं रहूँगा उन दोनों का सहयोग लेता रहूँगा। अब मैं बता रहा हूं कैसे मुझे लिसा और निशा दोनों से प्यार हो गया।

एक समय ऐसा था, जब मिस्टर टॉम जील्से और मिसेज लिसा जील्से दोनों पति-पत्नी एक गली के किनारे एक छोटी सी झोपड़ी में रहते थे। उन दोनों के आपस में बहुत मोहब्बत और अच्छे संबंध थे। तुम्हारी अनुपस्थिति मुझे अंदर ही अंदर खाये जा रही थी, फिर उन दोनों के बीच "लैला-मजनू" की तरह सच्चे प्यार को देखकर मुझे जलन होने लगी। एक बार मैंने अपने शुद्ध हृदय से सर्वशक्तिमान से प्रार्थना की थी "हे भगवान, अगर मुझे श्रीमती लिसा जील्से की सेवा करने का एक मौका मिल जाए, तो मैं भाग्याशाली हो जाऊंगा।" शायद सर्वशक्तिमान ने मेरी पुकार सुन ली और मेरे पोषित सपने को कुछ दिनों बाद पूरा किया। अचानक एक दिन मुझे एक बहुत दुखद समाचार सुनाई दी, मिस्टर टॉम जील्से सड़क दुर्घटना में मर गए। मुझे अफ़सोस तो जरूर हुआ, पर यह समाचार मेरे लिए एक लॉटरी जीतने जैसा वरदान से कम नहीं था। मैंने बड़ी खुशी के साथ अपनी योजना बना ली, और लिसा से तुरंत मिलने का विचार किया। जब मिस्टर जील्से जीवित थे, वे कभी भी अन्य लोगों द्वारा अपनी लिसा के साथ किसी भी प्रकार की अंतरंगता पसंद नहीं करते थे। मिसेज लिसा बहुत परेशान हो गईं और सड़क पर पड़े अपने पति का शव देखकर फूट-फूट कर रोने लगीं। उस समय वह गर्भवती भी

थी। कुछ हफ्तों बाद लिसा ने एक बच्ची की जन्म दिया। लिसा भले ही गाय की दूध की तरह सफेद, खूबसूरत है लेकिन उसकी बच्ची निशा पूरी तरह से "क्वीन कोबरा" की तरह काली है। मैं अपने मन ही मन सोचता रहा यह कैसे संभव हुआ! क्या यह ईश्वर का उचित न्याय है, या मिसेज लिसा जील्से नैतिक रूप से.....! जो कुछ भी हो, यह मेरे लिए एक छोटी सी बात के अलावा और कुछ नहीं है, क्योंकि प्यार कभी भी बाहर की सौंदर्य, वित्तीय स्थिति या किसी के गुणों को परख करके किया नहीं जाता, बल्कि एक दूसरे के भावनाओं को कदर करते है। लिसा ने मेरे दिल में स्थायी स्थान ले ली, वह भी मुझसे प्यार करने लगी। इसके अलावा हर किसी का जिंदगी में कही न कही अतीत का इतिहास अँधेरा रहता ही है। हो सकता है लिसा अपने पिछले इतिहास को बहुत दिन पहले भूल गई हो। हो सकता है कि वह असहज स्थिति में अन्याय को स्वीकार करने के लिए मजबूर हो गई थी। मेरा इरादा आगे देखना और इच्छाओं को पूरी करना है। लिसा बहुत गरीब थी, और ज्यादातर दिन भूखे पेट रहती थी। उसके पास दो वक्त कि रोटी एकत्र करने की क्षमता नहीं थी। विधवा होने के कारण लिसा खुद को असुरक्षित और अकेली महसूस करती रहीं। उसकी गरीबी और मिस्टर टॉम जील्से की गैरमौजूदगी का फायदा उठाते हुए मैं रोज लिसा और निशा के लिए कुछ न कुछ खाने का बंदोबस्त करता रहा। खाने के बहाने मुझे लिसा से मिलने का मौका मिल गया, और मैं आगे बढ़ता चला गया। शुरुआत में लिसा मुझसे कोई भी खाना लेने से इनकार करती थी, लेकिन मेरी लगातार कोशिशों के कारण सफलता मिली। लिसा को बहुत करीब लाने के लिए सबसे पहले मैं निशा को बहुत सावधानी से खाना खिलाना शुरू किया। तुम कल्पना भी नहीं कर सकती लिसा के लिए मेरे दिल में कितना प्यार है।

धीरे-धीरे निशा बड़ी होने लगी है, माँ और बेटी जब दोनों ने मुझे

प्यार करने लगी, मुझे अपार ख़ुशी मिलती है। लिसा से मिलने के लिए मैं जब जाता हूँ तो मैं हमेशा निशा के लिए एक पैकेट बिस्कुट अपने पास रखता हूँ। जब मैं इसे छिपाने कि कोशिश करता हूं, तब निशा अपनी छोटी छोटी आंखों से मुझे देखती रहती और मेरे चारों ओर घूमने लगती है, जब तक कि मैं उसे सारे बिस्कुट नहीं खिला दूँ। हालांकि निशा बहुत काली है, लेकिन मुझे वह पसंद है इसलिए कि वह लिसा की ही तो बेटी है। अगर मैं उसे भी प्यार न दूँ तो लिसा के साथ भी अन्याय होगा। जब मैं निशा को दुलारता हूं तो लिसा भी मुझे बहुत पसंद करती। मैं निशा के साथ खेलता रहता तब लिसा चुपचाप हमारे पास में आकर बैठ जाती और सारी चीजें देखती रहती। उसका मासूम चेहरा और प्यार भरी आंखे देखकर मैं अपने आप को काबू में नहीं रख पता, डर और उद्वेग के साथ एक दिन उसके सिर और मुलायम शरीर को हल्के से छू लिया। लिसा मेरे चेहरे को देखते रह गई लेकिन कोई प्रतिक्रिया नहीं की। मेरा साहस बढ़ गया और मैं प्रसन्न होकर धीरे धीरे उसे सहलाने लगा। मैं कभी उसके कान, कभी सिर, नाक, रेशमी शरीर और कभी लंबे पैरों को धीरे-धीरे डर से छूता हूं। जवाब में वह जोश में आकर आहिस्ता से काटने लगती है। मैंने उसकी गर्दन को अपने गले लगा लेता और सिर पर अपना हाथ से हल्के से सहलाने लगता हूँ।

यूँ तो तुम मेरी "मोनालिसा" हो लेकिन वो लिसा ही है, जो वर्तमान समाज से तंग आ चुकी हैं। उसकी वासस्थान जरूर झुग्गी-झोपड़ी में है, लेकिन यह मेरी समझ में नहीं आयी कि उसने मुझे उसके प्यार में कैसे दीवाना बना दिया। यह एक कारण हो सकता है, कि मैं तुमसे बहुत दूर अकेले रह रहा हूँ, और दूसरी बात तुम यह भी अच्छी तरह जानती हो कि मेरे हृदय के अंदर प्यार का तहखाना है। इसलिए मैं प्यार के बिना अकेला नहीं रह सकता। मैं अपने प्यार को सबके बीच बांटने कि भरपूर कोशिश

करता हूँ। यह मेरा वादा है कि तुम एक बार लिसा को देखते ही उसे पसंद करने लगोगी; गर्मी की छुट्टियों में तुम एक बार जरूर मेरे पास आना, हम दोनों उन दोनों के साथ एक साथ एन्जॉय करेंगे। मुझे विश्वास है कि तुम भी लिसा की सुंदर संरचना को जरूर पसंद करोगी। मेरा दिल दिन भर उसका साथ पाने के लिए तरसता है, लेकिन यह मेरे लिए संभव नहीं है। कभी-कभी मुझे लगता है कि मैं बहुत भाग्यशाली, तुम मोनालिसा जैसी, और लिसा जैसी पार्टनर मुझे मिला।

दिन बीत जाता और रात का अंधेरा चारो ओर छा जाता है, मुझे रात को बहुत ठण्ड लगती हैं। सूर्यास्त के बाद बाहर की ठंडी हवा से खुद को बचाने के लिए दरवाजे और खिड़कियां शाम होते ही बंद कर देता हूँ। फिर मैं लिसा और निशा को नजरअंदाज करता हूँ, ताकि वे दोनों मेरे कमरे के अंदर कभी आने कि हिम्मत न करें। यह इंसान की एक प्रवृत्ति होती है की अपना स्वार्थ को पहले पूरा करो, बाद में दूसरे के बारे में सोचा जायगा। जनवरी महीने में हम कमरे के अंदर गरम पानी का इस्तेमाल करते जबकि लिसा और निशा रोज बाहर मेरा इंतजार करते रहते है। रात का खाना खाने के बाद लिसा और निशा को मेरा भोजन के पश्चात कुछ अवशिष्ट टुकड़े देकर उन दोनों से 'अलविदा' कहता हूँ। जब मैं दरवाजा बंद करने कि कोशिश करता हूं, तब मैं उन दोनों कि मासूम चेहरे को दिन के आखिरी बार देखता हूँ। मुझे नजर आता उन दोनों एकसाथ ठीक दरवाजे के सामने खडी हैं, अपनी पूंछ को धीरे-धीरे हिलाती रहती, उनकी आँखों में एक प्यार भरी वेदना जो मुझे महसूस होने लगती। भौंकती हुए लिसा ने कहने कि कोशिश करती दरवाजे को बंद मत करो क्योंकि यहां बहुत ठंड है, हमारे पास अपना शरीर को ओढ़ने के लिए कुछ भी नहीं है, खूले आसमान के नीचे रहने के अलावा और कोई आश्रय नहीं है। सर्दी में गीली धरती पर हम रात को खुले आसमान के नीचे कैसे गुजरेंगे?

हमे अंदर आने दीजिए, और आपके कमरे के एक कोने में रात को सोने के लिए थोडी सी मेहरबानी कीजिए ताकि हम आपके साथ चैन से सो सकें। मैं खुद को दोषी महसूस करते हुए भी दरवाजा को बंद कर देता हूँ, खिड़की के पर्दे के पीछे खड़ा होकर मैं एक बार फिर से बाहर झांकता हूं, और तब मुझे दिखाई पड़ता लिसा और निशा दोनों एक इमली के पेड़ की ओर धीरे धीरे आगे बढ़ रही हैं। शायद वे दोनों सोच रही थी की हम सारे दिन इतनी अंतरंगता से हमारे मित्र के साथ कैसे साझा करते, परन्तु रात में हमें अपने साथ रहने के लिए उनके कमरे के अंदर जगह नहीं मिल पता। वह हमारी खराब स्थिति देखते हुए भी सोचे बिना हमें अकेला छोड़ देते है क्योंकि हम रास्ते के जानवर हैं।

इसके बाद लिसा ने घास पर ओस को हटाने के लिए अपनी पंजों से जमीन को खोदने की कोशिश करती हैं, ताकि गड्ढे के अंदर शरीर को मोड़कर सोने से थोडीसी गर्मी महसूस होगी। जब बहुत अधिक ठंड महसूस होने लगती तब ठंड से बचने के लिए लिसा ने अपनी नाक और चेहरे को जांघों के नीचे रखती ताकि ओस उनकी शरीर पर ही गिरे। निशा ने माँ के शरीर के नीचे जगह बना लेती ठंड से बचने के लिए। वे केवल झूठे भोजन के टुकड़े मिलने से ही खुश हो जाती है। आधी रात को जब वे दोनों किसी भी हलचल या आवाज सुनते हैं, तो संयुक्त रूप से दोनों भौंकने लगते हैं, और वीरता से कहते है, "डरो मत, हम यहाँ हैं, जब तक हमारी आखरी सांस हैं, आपको कुछ भी हानि नहीं होने देंगे। हम अपने प्राणों की आहुति देकर भी आपकी रक्षा करेंगे। आप शांति से सो जाइए, हम आपके पहरेदार, जगे हुए है।"

एक मजबूत छत के नीचे अपना बिस्तर पर रजाई ओडकर लेटे हुए सोचते रह गए कि हम कितने स्वार्थी हैं। बिस्तर से उठकर आहिस्ता से पर्दे को हटाकर देखा कि लिसा और निशा दोनों अपने कानों और

आँखों को सजग करते हुए परदे के पीछे क्या हो रहे है, उस पर ध्यान केंद्रित किए हुए है। धीरे से दरवाज़ा खुला और मैं अपने कमरे से बाहर आ गया। मुझे देखकर लिसा और निशा मेरी ओर तेजी से आने लगी, मेरे सामने आकर दोनों ने एक साथ मिलकर मेरे पैरों को जीभ से चाटने लगी, खुशी से भौंकते हुए पूंछ हिलाती रही। मुस्कुराते हुए मैंने कहा, "मुझे जाने दो।" लेकिन लिसा ने पीछे की दो टांगों पर खड़े हुए सामने की दो टांगों से मेरी कमर को कसकर पकडे रखा, और बार-बार भौंकने लगी। शायद वह सोचती होगी कि मैं उसे गीली घास पर अकेला छोड़कर फिर से दरवाजा बंद कर दूंगा। निशा ठीक से भौंक नहीं पाती, वह केवल 'वूक-वूक' करती, और अपनी नन्ही कोमल जीभ से मेरे पैर को चाटने लगती है। मैं खुशी से उनसे कहता हूँ, "तुम मेरे सच्चे मित्र हो। तुम दोनों ने प्यार से मुझे बांध लिए हो। तुम दोनों झूठे रोटी के दो टुकड़े से इतने खुश हो जाते! कुछ नहीं खिलाने से भी कभी शिकायत नहीं करती और न ही झपट लेती। तुम्हे सलाम, अगर तुम्हारे जैसे ईमानदार और वफादार इंसान होते तो दुनिया में पापाचार और अन्याय जरूर कम हो जाता। दुनिया में लोग तुम्हे कहकर गाली देते, पर तुम कुत्ते हो इसलिए इतने अच्छे हो। अगर तुम इंसान होते तो बेईमानी जरूर सीख जाते। आज से मैं तुम्हे प्यार ही दूंगा। मैंने उन दोनों को अपने कमरे के एक कोने में कुछ पुराने कपडे बिछाकर सोने का इंतजाम किया। उन दोनों बहुत खुश हो गए और बार बार पूँछ हिलाते हुए आहिस्ता से मेरे पैरों को चाटने लगे।

महान कौन है? एक आदमी जो हमेशा आत्म-संतुष्टि के बारे में सोचते रहते है, और दूसरों को वंचित करके धन-संपत्ति हड़प लेते या कुत्ते जो अपने स्वामी की ख़ुशी के लिए दिन-रात तत्पर रहते, और जरुरत पड़ने पर उनके प्रभु को जोखिम से बचाने के लिए खुद का जान भी बाज़ी लगा देते है। हमारे पास बहुत सी चीजें होते हैं, लेकिन दूसरों के दुख को

कम करने के लिए कुछ नहीं दे सकते। उनके पास देने के लिए कुछ भी नहीं है, पर अपने प्रभु के प्रति प्रेम और सम्मान के लिए सब कुछ करने का तैयार रहते है।

हमने महाभारत में पढ़ा है कि युधिष्ठिर एक कुत्ते के सहारे पैदल चलकर ही स्वर्गलोक तक पहुंच गए थे। कहने का मतलब किसी को नजरअंदाज नहीं करना चाहिए। क्यों न हम अपने कुछ खाद्य पदार्थ, कपड़े, आश्रय या कुछ भी जो हमारे पास पर्याप्त है, उसे उन गरीबों और संकटग्रस्त लोगों को जिनके पास खाने के लिए कुछ न हो, पहनने के लिए कपडे न हो, और रहने के लिए सिर के ऊपर छत न हो, और जो आधुनिक समाज से वंचित हैं, उनके लिए कुछ सेवा करें एवं अपनी सहानुभूति साझा करें। मुझे नहीं पता कि मौत का बुलावा कब और कैसे आ जाएगा, जो मुझसे कहेगा, “उठो, मैं यहाँ तुम्हारा स्वागत करने आया हूँ; तुम्हारी लालसा और मोह, स्वास्थ्य और धन, गर्व और प्रसिद्धि, खुशी और सफलता, लाभ और हानि, पड़ोसियों और रिश्तेदारों, दोस्तों और दुश्मनों, सुख और दुख, यहां तक कि तुम्हारे कपड़े, गहने और नश्वर शरीर को भी हमेशा के लिए छोड़कर तुरंत मेरे पीछे पीछे आना होगा। प्रेम की अनाकार सुंदरता को देखने के लिए केवल तुम्हारी हवा स्वरूप आत्मा को ही मेरे साथ जाने की अनुमति है।”

मैंने इस खूबसूरत दुनिया में आकर क्या किया है! कम से कम सभी से प्यार करना चाहिए और दुनिया को प्यार की नजरों से देखने की कोशिश करनी चाहिए। यदि कोई मुझसे प्रेम का अर्थ पूछता है, तो मैं निश्चित रूप से कहूंगा, “यह एक पवित्र भावना है जो अर्पण की अपेक्षा से परे है।”

मेरी तरफ से तुम्हे प्यार और हार्दिक शुभकामनाएं

सदैव तुम्हारा शुभचिंतक

देवाशीष

"दूसरों के मन की भावनाओं की कदर करना ही इंसानियत।"

अज्ञात संत

क्या लिखना केवल एक लेखक का शौक या पेशा होता है? नहीं, यह सभी लेखकों पर लागू नहीं होता है। इस पुस्तक के लेखक ने अपनी जिंदगी में न तो कोई कहानी कभी पढ़ी और न ही लिखने की रूचि रखती थी। जब लेखक देबाशीष भट्टाचार्य मृत्यु शैया पर लेटे थे तब उनके कानों में एक दिव्य आत्मा की भविष्यवाणी गूंजने लगी, "तुम ठीक हो जाओगे, तुम्हारी लिखी हुयी कहानी मूवी बनेगी।" यह अद्भुत घटना तब घटी जब कई साल पहले लेखक "रवींद्रनाथ टैगोर इंटरनेशनल इंस्टीट्यूट ऑफ कार्डियक साइंसेज, कोलकाता" में जिंदगी और मौत के बीच संघर्ष कर रहे थे, और सभी डाक्टरों ने लेखक को बचाने की उम्मीद लगभग छोड़ दी थी, उसी समय दिव्य आत्माओं का आविर्भाव उन्हें महसूस हुआ जो उनके अवचेतन मन में प्रबल शक्ति संचारित किया साथ ही लेखक बनने का आशीर्वाद दिया। लेखक देबाशीष भट्टाचार्य ठीक होने के साथ साथ प्रेरित होकर लिखना शुरू किया। दिव्य आत्मा की भविष्यवाणी धीरे धीरे सच होने लगी।

हृदय की गंभीर बीमारी के कारण लेखक अपने चाचा के साथ दिनांक 4/2/2009 को बेहतर इलाज कराने के लिए दुर्गापुर-कोलकाता एक्सप्रेसवे (राष्ट्रीय राजमार्ग-2) से दुर्गापुर से कोलकाता आ रहे थे।

अचानक उन्हें चक्कर आना, दम घुटने और सांस लेने में काफी तकलीफ होने लगी, आँखों में धुंधला दिखाई दे रहा था। दुर्गापुर के डाक्टरों ने पहले ही कह दिया था मरीज कि हालत इतनी ख़राब है, की वह किसी हालत में कोलकाता पहुँच नहीं पाएंगे। राहत पाने के लिए वह कार से उतरकर शक्तिगढ़ में राजमार्ग के किनारे एक मिठाई और चाय की दुकान में एक कुर्सी पर बैठ गया, जहां 50-60 से अधिक लोग नाश्ता करने और चाय-कॉफी पीने के लिए दुकान के सामने इकट्ठे हुए थे। उनकी गंभीर स्थिति के कारण, उनकी आंखें धीरे-धीरे बंद होने लगी। आश्चर्यजनक रूप से एक महिंद्रा बोलेरो जो तेजी से 80-90 या उससे अधिक किलोमीटर प्रति घंटे की रफ्तार से कोलकाता की ओर हाईवे पर दौड़ रही थी, अचानक चालक ने ब्रेक लगाकर गाड़ी को रोक दिया। एक दीर्घाकार, लंबे बालों, स्वस्थ गोरे रंग के संत, जिनके गले पर रुद्राक्ष की एक विशाल माला, बाएं हाथ से पकड़ा हुआ एक त्रिशूल और दाहिने हाथ से एक कमण्डलु गेरुआ वस्त्र पहने वाहन के चालक की सीट के बगल में बैठे थे। हॉर्न के साथ अचानक ब्रेक लगने से वाहन की आवाज सड़क और चाय की दुकान के किनारे खड़े सभी लोगों को सचेत कर दिया, सभी लोग बिशालकाय संत को देखकर उनके सामने आकर उनके दिव्य रूप को देखने और आशीर्वाद लेने के लिए उत्सुक हो गए थे। तुरंत सभी राहगीर उत्साह से वाहन का पीछा करने लगे, लेकिन संत ने किसी को उनके पास आने नहीं दिया; उन्होंने केवल लेखक से मिलने के लिए इच्छा जाहिर की, और उन्हें लेखक को उनके पास आने के लिए हाथ हिलाकर इशारा किया।

सांस लेने में कष्ट होने के कारण लेखक ने खाने पीने की दुकान के अंदर एक कुर्सी पर सिर झुकाकर बैठे थे, सड़क पर गाड़ी की हॉर्न सुनकर

होश में आ गए, आधे बुझे हुए आँखों से उन्हें दिखाई दी गाड़ी पर सवार एक संत उन्हें बार-बार हाथ हिलाकर इशारा कर रहे उनके सामने आने के लिए। लेखक के मन में विचार आया कि यह कैसे संभव है! देखने में उच्च कोटि का संत उन्हें बिना कारण वाहन से क्यों बुला रहें हैं! इसी बीच गाड़ी से उतरकर संत के तीन-चार शिष्यों ने संत से यथाशीघ्र मिलने के लिए लेखक को अनुरोध करने लगा। लेखक ने सीने में दर्द और सांस की तकलीफ लेकर संत की ओर धीरे-धीरे चलने लगे, तब आस पास में खड़े सभी लोग उत्सुकता से उनके पीछे-पीछे चल रहे थे। लेकिन संत से मिलने की इजाजत किसी को नहीं मिली। जैसे ही लेखक वाहन के सामने पहुंचे, संत ने कहा, "तेरे सर पर माँ भवतारिणी का आशीर्वाद मुझे दिखाई दी। इसलिए मैं गाड़ी को यहां रोककर तुझे बुलाया है। मैं हिमालय पर्वत के गुफा में रहता हूँ। कुछ दिन वाराणसी में रहकर मैंने गरीब और व्यथित लोगों की सेवा की है, और अब मैं पुरी के जगन्नाथ मंदिर के पास रहने वाले गरीब और व्यथित लोगों को कुछ भोजन और कपड़े उपलब्ध कराने के लिए मैं उड़ीसा राज्य की ओर जा रहा हूँ। तू मुझे कुछ दान देना ताकि उसी से चावल और आटा खरीद कर गरीब और व्यथित आदमिओं को खाने के लिए भंडारा किया जा सकें एवं भूखे लोगों को तेरी सेवा मिल सकें।"

लेखक सोचने लगे यह सब मेरे साथ क्या हो रहा है, मैंने सपने में भी कभी नहीं सोचा। डाक्टर ने दुर्गापुर में दवा के साथ कहा था मेरा स्वास्थ्य कि स्थिति इतनी खराब है की कोलकाता पहुँचने से पहले ही मैं दम तोड़ दूंगा। मुझे भी इतनी ज्यादा घुटन सी महसूस हो रही की मैं अभी मर जाऊंगा। और यह संत कैसे हैं, जिनके सर पर मौत खड़ी है उसी से दान मांग रहे हैं। मन ही मन सोचने लगा की हो सकता कुछ घंटे या

मिनट के बाद मैं इस दुनिया में शायद न रहूं; और मेरे जेब में तो कुछ भी नहीं है। जो भी होगा चाचा के पास ही होगा, मेरे इलाज के लिए। मैं क्या करूं समझ में नहीं आ रहा है। उस समय उनके दो-चार अनुयायी लेखक के चारों ओर खड़े हो गए। एक अनुयायी ने तुरंत एक एलबम खोलकर उक्त संत का तरह तरह की फोटो दिखाने लगे। उक्त संत के फोटो देखते ही लेखक चौंक गया, क्योंकि उनके विशालकाय शरीर पर कुछ नहीं थे सिवाय एक लंगोट, बाएं हाथ में त्रिशूल और दाएं हाथ में कमण्डलु जो हिमालय पर्वत पर खड़े होकर सभी को आशीर्वाद दे रहे हैं। हजारों-लाखों जनता सब नीचे श्रद्धापूर्वक लेटे हुए थे उनके दर्शन पाकर। इसके अलावा बहुत सारे तस्वीर में देखा गया उनके चरणों में बैठे थे भारत के पूर्व प्रधानमंत्री अटल बिहारी बाजपेयी, पंजाब के पूर्व मुख्यमंत्री प्रकाश सिंह बादल, और बहुत सारे देश के बड़े बड़े नेताओं एवं नौकरशाहों। अब लेखक समझ गया की निसंदेह यह कोई साधारण संत नहीं है, जरूर एक महात्मा जो मुझे आशीर्वाद देने आए है। उनके अंदर संत के प्रति एक महत भक्ति और श्रद्धा पैदा हो गई, मन ही मन कहने लगा मेरा सबकुछ तुम्हारे चरणों में देने से भी कम पड़ जाएगा। ठीक उस वक्त उनके एक अनुयायी कहा, "आप संत के बारे में नहीं जानते, वह कोई साधारण संत नहीं है। बहुत से लोग उन्हें एक झलक देखने के लिए वर्षों तक प्रतीक्षा करते हैं। लाखों तीर्थयात्रियों में से किसी एक या दो को ही उनके पास आने का मौका मिलता है उनसे अनुमति प्राप्त करने के पश्चात। आप बहुत ही भाग्यशाली व्यक्ति हैं, जिन्हें ऐसे महान संत द्वारा आमंत्रित किया गया है।" एक फोटो में देखा की केवल उनसे वरदान प्राप्त करने के लिए उनके समक्ष जमीन पर हजारों लोग लेटे हुए उन्हें श्रद्धांजलि दे रहे है। लेखक बीमारी से हतप्रभ होकर समझ नहीं पा रहे थे कि उन्हें क्या करना चाहिए।

कोलकाता में अपने बेहतर इलाज के लिए पर्याप्त धन की आवश्यकता थी। मन ही मन सोचा कि सारी धन-सम्पदा उनको देने से भी कम पड़ जाएगी। हालांकि, उन्होंने संत को अपनी इलाज की लागत से सामान्य राशि का भुगतान किया और प्रार्थना की, "मेरी हालत इतनी गंभीर है कि मुझे नहीं पता कि मैं कैसे जीवित रहूंगा।" संत की ओर देखते ही लगा जैसे उनके चेहरे से द्युति निकलकर आ रही है। उन्होंने यह कहते हुए "तुम सफल हो जाओगे"…..तुरंत गाड़ी स्टार्ट देते ही चले गए। लेखक के दिल में यह विश्वास दृढ़ हो गया, अब दुनिया की कोई भी ताकत उन्हें हरा नहीं पाएगी। अब लेखक ने महसूस किया कि संत कोई आम आदमी नहीं, बल्कि एक महान संत थे; संत के पांव छूकर प्रणाम नहीं किया, आंख झपकते ही संत विदा हो गए। उस दिव्य आत्मा के चरणों का मीठा स्पर्श न मिलने के कारण आज तक लेखक अफ़सोस करता रहा है। कोलकाता पहुंचने के बाद तुरंत उन्हें गंभीर हालत में अस्पताल में भर्ती कराया गया।

अगले दिन एंजियोग्राफी के बाद आईसीयू में उसकी हालत बिगड़ने लगी। उन्हें ऑक्सीजन मास्क के सहारे आई सी यु पर गंभीर हालत में रखा गया। डाक्टरों के प्रयासों के बावजूद उनके हालत लगातार बिगड़ रही थी। रात करीब 11 बजे जब ज्यादातर मरीज सो रहे थे, तब एक नर्स आईसीयू के एक कोने पर एक मरीज की देखभाल कर रही थी। अस्पताल के दूसरे कोने लगभग 15 मीटर की दुरी पर देवाशीष तीव्र श्वासावरोध का पीड़ा झेल रहे थे, क्योंकि उनका ऑक्सीजन मैक्स उनकी मुँह से हट गया था जिसे तत्काल बैठाना अनिवार्य था। उनकी बोलचाल की क्षमता चली गयी, बिस्तर के ऊपर लगे हुए मॉनिटर में दिखाई देने वाली हृदय की स्थिति तेजी से हरी बत्ती से पीली और फिर पीली से लाल रंग की हो गई, जो केवल बहुत गंभीर स्थिति का संकेत देती है।

उस समय लगातार मॉनिटर में घंटी बजने लगी जिसे मृत्यु की घंटी कहा जा सकता है। सभी हृदय रोग विशेषज्ञों और सर्जन जो अलग अलग जगह में कार्यरत थे, एक ट्रॉली जिस पर जीवन रक्षक दवा मौजूद थी लेकर तुरंत आने लगे। उसी वक्त जो नर्स कोने में दूसरी मरीज की सेवा में नियुक्त थी, तुरंत दौड़ के आयी और ऑक्सीजन मास्क को देवाशीष के मुँह पर बैठाया। तब तक छह डाक्टर एक साथ आकर देवाशीष की शरीर की जाँच करने लगे। मॉनिटर में उनके दिल के टेढ़े-मेढ़े गठन चित्र (ज़िगज़ैग ग्राफ़िंग फॉर्मेशन) के साथ अलार्म बजने के कारण डॉक्टरों की टीम जिसमें कार्डियोलॉजिस्ट और कार्डियक सर्जन कुल मिलाकर छह शामिल थे, चिंतित होकर जल्दी कुछ करने की सोचने लगे। देवाशीष को साँस लेने में दिक्कत न हो इसलिए उनके मास्क के द्वारा अधिकतम ऑक्सीजन आपूर्ति कराने के लिए ऑक्सीजन सप्लाई की गति को बढ़ाई गई। उनकी नाड़ी की गति तेजी से शून्य हो गई और रक्तचाप बत्तीस से नीचे तेजी से गिरता हुआ। यद्यपि वह लगभग बेहोशी की हालत में थे, लेकिन उनके कानों में "हेपारिन और डोपामिन" दवाओं के नाम आ रहा था, जो कार्डियोलॉजिस्ट/कार्डियक सर्जन द्वारा लिए जा रहे थे, और सेकंड गंवाए बिना उसके शरीर में एक एक करके कई इंजेक्शन लगा रहे थे। एक कार्डियक सर्जन उसकी जांघ के एक नस को तुरंत ब्लेड से काट दिया। रक्त तेजी से बहने लगा और सफेद चादर पर लाल रंग की धब्बा दिखाई देने लगा; डाक्टरों को कभी कभी भगवान के रूप में भी देखा जाता है। बेहोशी के बावजूद, उनके आँखों के सामने कई दिव्य आत्माओं का अचानक आविर्भाव हुआ, जिसमे से किसी किसी को उन्होंने पहचान लिया, जैसे श्री रामकृष्ण परमहंस, स्वामी विवेकानंद, श्री श्री लोकनाथ ब्रह्मचारी, साधक बामाख्यापा, श्री श्री स्वामी स्वरूपानंद परमहंसदेव

(बाबामणि), श्री श्री मामणि और उस संत को जिन से एक दिन पहले राष्ट्रीय राजमार्ग पर शक्तिगढ़ में मुलाकात हुई, और उनसे आशीर्वाद प्राप्त हुआ था। उन सभी महात्माओं को बिस्तर के चारों और देखकर एक अनाविल आनंद एवं जोश देवाशीष के शरीर के अंदर महसूस होने लगा। श्री श्री लोकनाथ ब्रह्मचारीजी जो अपने बाएं हाथ से कमण्डलु को पकड़े हुए बिस्तर के पास खड़े थे, उन्होंने दाहिने हाथ से अपने कमण्डलु से पानी लेकर देवाशीष के पुरे शरीर पर छिड़काव किये। देवाशीष को पानी की बूंदों के मधुर और शीतल स्पर्श का आभास हुआ। कुछ बूंदें जो बिस्तर पर गिरी थीं, उसे एक-दो डॉक्टरों ने भी देखा, लेकिन वे समझ नहीं पाए कि पानी की बूंदें कहां से गिरीं। अगर यह भ्रम या सपना है, तब ऐसा भ्रम या सपना को लेखक जिंदगी भर बार बार देखना या अनुभव करना पसंद करेंगे। अगर यह सच है, तब इससे बड़ी प्राप्ति जिंदगी में और क्या हो सकता है। हालांकि बचपन से देवाशीष को छोटासा ज्ञान प्राप्त हुआ था कि इस वायुमंडल में बहुत सारे पुण्यात्मा विचरण करते रहतें है, जो कभी कभी किसी किसी के पास आ जातें हैं। अब देवाशीष के अंदर इच्छाशक्ति इतनी प्रबल हो गई की उन्होंने मन ही मन सोच लिया मौत कितनी भी नजदीक हो, वह मुझे पराजित नहीं कर पायेगी। यह सब कुछ देखते देखते वह बेहोश हो गए, और उसे वेंटिलेशन में स्थानान्तरित कर दिया गया।

उनकी भयानक स्थिति को देखते हुए छह डॉक्टरों की जो टीम थे उन सभी ने सोचा की क्यों न उनके घरवालों को खबर भेजा जाए, उनका देहांत किसी भी वक्त हो सकता हैं, ताकि उनके परिजनों को मानसिक तैयार किया जाए। उस समय एक वरिष्ठ डॉक्टर ने विरोध किया और कहा, "परिवार के सदस्य आएंगे और पूरी रात अस्पताल के बाहर खड़े

होकर रोएंगे। उन्हें तो मरना ही है, क्यों ने हम एक बार अंतिम प्रयास कर लेते या इन्तजार करते अगर कोई चमत्कार हो जाए; उनके परिजनों कम से कम आज की रात चैन से शो पाएंगे।"

सवेरे जब धीरे धीरे होश आया तब देवाशिष ने देखा उनके चारों ओर डॉक्टर/नर्स खड़े है, और उन सभी के चेहरे पर खुशियों की झलक दिखाई दे रही थी। इतनी गंभीर हालत से गुजरने के पश्चात देवाशिष ने उक्त संत की भविष्यवाणी को स्मरण करके आगे चलने का फैसला किया। बाद में डाक्टरों द्वारा किया गया ऑपरेशन सफल हुआ, और देवाशिष को नई जिंदगी जीने का एक मौका मिला। उपरवाला कब किससे और कैसे काम कराएगा यह पहले से हम सोच नहीं सकते।

चमत्कार क्या है? जब हमारे जीवन में कोई भी घटना अपेक्षा से परे होती है, और हम उस घटना के पीछे कई उद्देश्य या कारण नहीं देख पाते, तब उस घटना को हम मिराक्ल या चमत्कार कहते है। देबाशीष भट्टाचार्य के लिए यह एक घटना थी, जब वे अपने बिस्तर पर बेहोश पड़े थे, अचानक हिमालय पर्वत से उस संत की दिव्य कंठस्वर सुना, "तुम जल्द ही ठीक हो जाओगे, और तुम्हारी लिखी हुई कहानियों पर फिल्म बनाई जाएगी।"

कैसे भी हो, एक बार कलम को पकड़कर देखते है लिख पाते या नहीं। धीरे धीरे देबाशीष द्वारा अंग्रेजी, बांग्ला और हिंदी में कविताएं एवं कहानियां लिखना शुरू हुआ; जबकि बचपन से न तो उन्होंने कभी कहानी पड़ी और न ही शैक्षणिक करियर में हिंदी या अंग्रेजी में उचित ज्ञान प्राप्त किया। छात्रावस्था में पढ़ाई में भी एक साधारण छात्र रहा। इस किताब को हिंदी में लिखने के लिए उनके द्वारा अंग्रेजी का ही हर्फ़ को "की बोर्ड" (Key board) में इस्तेमाल करना पड़ा, क्योंकि उन्होंने विद्यार्थी जीवन

में रहते हुए बंगला में ही पढ़ाई की, हिंदी के कई अक्षरों का ज्ञान उन्हें नहीं था। सरकारी नौकरी के कारण उन्हें थोड़ा बहुत हिंदी सीखने का मौका मिला। कोई ठोस शैक्षणिक पृष्ठभूमि न होने के बावजूद, वह अपनी पचास वर्ष की आयु के बाद बंगला, अंग्रेजी और हिंदी भाषाओं में उस दिव्य आवाज से प्रेरित होकर लिखना शुरू किया। श्री श्री स्वामी स्वरूपानंद परमहंसदेव (बाबामणि) जिनसे उन्हें हर वक्त प्रेरणा मिलती है, उनकी वह वाणी "I shall make a thunder out of a straw" (मैं एक तृण से एक बज्र बनाऊंगा) सदा याद करते हैं।

समाज में एक लेखक की भूमिका क्या होती है? इस पर स्पष्ट रूप से लेखक को संदेश प्राप्त हुआ है, की एक लेखक को समाज में अच्छा संदेश फैलाने के लिए निरंतर प्रयास करना चाहिए, ताकि समाज के सभी वर्ग के पाठक किताब पढ़कर एक अच्छा सबक हासिल कर सके। हमारे समाज में किस चीज को फैलाने की आवश्यकता है, एवं इस आधुनिक युग में हमारे समाज में किस चीज की कमी है? फैलाने के लिए एक चीज की जरूरत है, जो प्यार है। हमे हिंसा के रास्ते को छोड़कर भाईचारे के रास्ते को अपनाना है, जो हमारे समाज को विकास की ओर ले जा सकता है। प्रेम है, जिसके द्वारा पूरी दुनिया के सभी निवासियों को एकजुट किया जा सकता है। ईश्वर का दूसरा नाम है प्रेम; सभी धर्म शास्त्र प्रेम के माध्यम से प्रार्थना के तरीकों को स्वीकार करते हैं। जबकि हम गलत तरीके से हिंसा का सहारा लेते हुए एक दूसरे से नफ़रत करने लगते है। हमें एक-दूसरे से प्यार करते हुए हाथ मिलाकर आगे बढ़ना चाहिए, क्योंकि प्यार ही हमारी जिंदगी का मंजिल है।

हँसते हँसते जिंदगी बिताओं

रोना मत कभी

प्यार से देखो दुनिया को जानो

सृष्टि सुन्दर सभी

दाता सबके एक जो है

छिपे अंदर रहते

दो नयनों में दुनिया देखूँ

गंगा दिल में बहती

प्रभु की इच्छा शरीर को पाना

मंदिर बनाता रहूं

हिंसा, द्वेष और डर छोड़कर

प्रेमी बनकर जियूं

तू जो मालिक निराकार है

अहंकार क्यों दिया

यही हमारा नाश करता

दिल में आग जलाता

नहीं चाहिए मोह, दौलत, मान

नहीं चाहिए यश

चाहिए केवल मुट्ठीभर प्यार

वही स्वर्ग का द्वार

"प्यार ही हमारी जिंदगी की मंजिल है।"

लेखक : श्री देवाशीष भट्टाचार्य।

Mobile No. 9477747959

Email id – arupswarup04@gmail.com

www.ingramcontent.com/pod-product-compliance
Lightning Source LLC
Chambersburg PA
CBHW021004180726
47993CB00017B/696